LA SEINE

DE PARIS A ROUEN

LA SEINE

DE

PARIS A ROUEN

CANALISATION PAR BARRAGES DÉVERSOIRS FIXES
VOIE MARITIME NAVIGABLE AVEC UN TIRANT D'EAU MINIMUM
DE 4 MÈTRES
LES EAUX DU FLEUVE MAITRISÉES AU PROFIT
DE LA NAVIGATION, DE L'INDUSTRIE ET DE L'AGRICULTURE

Par A. TALLENDEAU

AVOCAT CONSULTANT

ANCIEN ÉLÈVE DE L'ÉCOLE D'ADMINISTRATION

Il est plus facile de dépenser les milliards
de la France que de changer les lois de la
physique.

PARIS

Auguste GHIO, éditeur

Palais-Royal, 1, 3, 5, 7, galerie d'Orléans

1880

TABLE DES MATIÈRES

CHAPITRE III

CHAPITRE IV

CHAPITRE V

CHAPITRE VI

NOTES

PLANCHES

LA SEINE

DE

PARIS A ROUEN

CANALISATION PAR BARRAGES DÉVERSOIRS FIXES
VOIE MARITIME NAVIGABLE AVEC UN TIRANT D'EAU MINIMUM
DE 4 MÈTRES
LES EAUX DU FLEUVE MAITRISÉES AU PROFIT
DE LA NAVIGATION, DE L'INDUSTRIE ET DE L'AGRICULTURE

> Il est plus facile de dépenser les milliards
> de la France que de changer les lois de la
> physique.

INTRODUCTION

Depuis quelques années l'opinion publique s'est beaucoup modifiée à l'égard de nos voies navigables. La batellerie paraît maintenant digne d'intérêt, on lui fait l'honneur de croire qu'elle peut vivre concurremment avec les chemins de fer, et même on lui demande de rendre des services spéciaux qui dépassent la puissance de ces derniers.

Les progrès réalisés par les voies ferrées dont on connaît actuellement la limite, sont insuffisants pour assurer la circulation de toute la matière transportable, et c'est à la grande délaissée de la veille que l'on s'adresse pour avoir un instrument de transport d'une puissance sans bornes et d'un prix kilométrique infiniment réduit.

Les millions de la France semblent devoir remplir en cette occasion le rôle d'une panacée universelle; le public les voit dépenser avec bonheur, et il se persuade volontiers que ses désirs seront satisfaits par cela seul qu'ils auront donné lieu à des dépenses qui feront époque dans nos annales financières.

Une des grandes erreurs de nos jours est de croire à la souveraine puissance de l'argent; cette disposition particulière de notre esprit nous aveugle et nous empêche dans bien des circonstances de tenir compte de l'expérience du passé.

Cependant nos fleuves, nos rivières et nos canaux ne datent pas d'aujourd'hui, et les dépenses à leur occasion ne sont pas une nouveauté.

Le réseau de nos voies navigables n'est pas une œuvre contemporaine, c'est sous l'empire des besoins du trafic des temps anciens qu'il a pris naissance et qu'il s'est développé. La navigation intérieure a toujours été l'objet d'une grande sollicitude de la part de notre vieille administration, jusqu'au moment où s'est révélé l'engin nouveau de transport qu'on

a cru destiné à remplacer tous les autres moyens de loco-
motion.

A partir de la création des chemins de fer, la décadence
de la navigation intérieure a commencé, et si pendant cette
période les dépenses en faveur des voies navigables se
sont ralenties, c'est surtout parce qu'on a mis en doute
leur utilité en présence des progrès réalisés par les voies
ferrées.

Dans l'état actuel de nos connaissances en hydraulique,
la dépense ne peut pas résoudre à elle seule le problème de
la navigation intérieure; la pratique de nos fleuves et de
nos canaux le prouve surabondamment.

Nous n'avons pas une seule voie sur laquelle on puisse
être assuré de naviguer en tout temps avec le tirant d'eau
réglementaire qui a été l'objectif des travaux entrepris.

La Seine elle-même, qui a été depuis une trentaine
d'années l'objet de travaux considérables, n'a pas donné les
résultats promis. Le régime du fleuve a été amélioré dans
une large mesure, mais la canalisation par barrages mobiles
a été impuissante pour fournir à la navigation, pendant la
saison d'étiage, le mouillage minimum réglementaire.

Cette déception aurait dû faire douter de la valeur des
moyens employés pour maîtriser les eaux de la Seine;
malheureusement il n'en a pas été ainsi et une loi récente a autorisé sans discussion une nouvelle dépense de
32,000,000 de francs pour donner au fleuve, par les mêmes

procédés, un mouillage encore plus considérable que celui que les anciens travaux n'ont pu réaliser.

Les barrages mobiles tels qu'on les construit sur la Seine ont été impuissants pour nous donner une navigation permanente à 2 mètres et même à 1^{m}60 de tirant d'eau, et l'on espère qu'avec les mêmes engins et procédés on obtiendra la navigation à 3 mètres de tirant d'eau.

Cette persévérance prouve que nous avons une grande confiance dans le traitement par la dépense. Les millions ont sans doute une grande puissance, mais ils n'ont pas celle de changer les lois de la physique, et c'est uniquement parce que nous n'avons pas assez tenu compte de cette vérité élémentaire que la plupart de nos entreprises sur les fleuves et rivières ont été marquées du sceau de la faiblesse.

En outre, nous nous sommes un peu trop habitués à considérer les eaux comme étant du domaine exclusif de la navigation. Si nous avions reporté un peu plus notre pensée vers l'agriculture et vers l'industrie, il est probable que nous aurions trouvé depuis longtemps le moyen pratique de donner une égale satisfaction à ces deux grandes branches de la production nationale et à la navigation intérieure.

En groupant en un seul faisceau l'agriculture, l'industrie et la navigation, nous aurions décuplé nos forces pour résoudre les grands problèmes de notre régime hydraulique, et il est vrai de dire que c'est la prédominance d'un intérêt exclusif qui est la cause principale de la ruine de nos voies navigables et de leur abandon.

En effet, que sont maintenant nos plus beaux fleuves, tels que le Rhône et la Loire? Pendant les crues ils sont un sujet d'épouvante pour les riverains, et pendant la sécheresse ils roulent sur de vastes plaines de galets ou de sables leurs eaux inutiles et impropres à la navigation. Les tentatives pour améliorer leur régime n'ayant pas réussi, nous les avons déclarés indomptables et malfaisants, et plutôt que d'émettre un doute sur la science contemporaine en matière hydraulique, nous trouvons plus honorable et plus expéditif de décréter des canaux latéraux pour suppléer à l'inconstance des eaux du Rhône et de la Loire.

Au lieu de profiter de nos richesses naturelles, nous aimons mieux y suppléer par notre génie industriel et commercial, et nous croyons avoir dompté la matière parce que nous passons à côté sans nous douter des trésors qu'elle renferme.

La méconnaissance de nos richesses hydrauliques est à la fois désolante et burlesque.

Nous fouillons dans les entrailles de la terre ou nous allons à l'étranger pour trouver le combustible qui donne la vie à nos usines à vapeur, et nous avons dans nos fleuves et rivières plus de forces hydrauliques que n'en peut consommer toute notre industrie.

Nous demandons à l'étranger des céréales et des bestiaux

pour combler les vides de notre production agricole, et nous avons dans nos fleuves et rivières plus d'eau qu'il n'en faut pour produire les céréales et les bestiaux qui nous manquent.

Nous nous donnons beaucoup de mal pour créer sur notre territoire un réseau artificiel de voies navigables, et il n'y a pas au monde un seul pays qui possède un réseau naturel de fleuves et de rivières aussi complet et aussi admirablement distribué que le nôtre.

Il semble en vérité que la civilisation ait condamné notre nation à faire de perpétuels tours de force pour vivre. Autrefois on avait la simplicité de penser que le territoire devait fournir la nourriture et le travail ; maintenant nous ne sommes pas bien éloignés de croire que c'est en Amérique que nous devons aller chercher notre subsistance, et qu'avant de manger le pain que nous avons dans la main, la loi du progrès nous impose l'obligation de jongler avec des billets de banque.

La Seine entre Paris et Rouen se prête admirablement à tous les travaux hydrauliques, et c'est celui de nos fleuves qui intéresse le plus vivement l'esprit public. Une loi récente vient de prescrire une nouvelle dépense de 32,000,000 de francs pour mettre le fleuve en état de supporter une navigation avec un tirant d'eau minimum de 3 mètres. Nous allons prendre la basse Seine comme exemple, pour essayer de démontrer l'impuissance du système de travaux que l'on a imaginé pour améliorer son régime au profit exclusif de la navigation, et comme une critique perd généralement toute valeur quand on n'a rien à présenter à la place de l'objet critiqué, nous opposerons immédiatement à ce système exclusif un autre système de travaux ayant comme objectif de maîtriser les eaux de la basse Seine et de les utiliser au profit de la navigation, de l'industrie et de l'agriculture.

A l'incertitude d'un tirant d'eau de 3 mètres variant avec les saisons, nous opposerons la fixité d'un mouillage permettant de naviguer en tout temps avec un tirant d'eau minimum de 4 mètres, et aux 32,000,000 de francs dépensés pour obtenir un résultat précaire nous opposerons Paris devenu port de mer avec une dépense moindre, et la vallée de la Seine mise en possession de toutes les eaux du fleuve pour faire mouvoir ses usines et irriguer ses coteaux depuis Paris jusqu'à Rouen.

CHAPITRE I

Description de la vallée de la basse Seine. — Pente du fleuve. — Nature des berges. — Cuvette de la vallée et alluvions qui la garnissent. — Perméabilité des alluvions. — Écoulements superficiels et écoulements souterrains.

La Seine, de Paris à la mer, coule dans une vallée très sinueuse. Lorsque les eaux primitives ont creusé leur vallée en se frayant un passage vers la mer, elles ont hésité dans leur direction ; elles ont promené leurs nombreux méandres sur un plateau trop faiblement incliné pour leur donner une marche précise, et elles ont fait comme une rivière qui coule au milieu de plaines spacieuses, elles ont divagué.

De Paris à Meulan, la distance à vol d'oiseau est de 35 kilomètres et les méandres décrits par la vallée représentent un parcours de 90 kilomètres. Dans ce trajet, le fleuve se replie plusieurs fois sur lui-même, change brusquement de direction et marche parallèlement en sens contraire en quittant alternativement l'orientation nord-est pour prendre celle du sud-ouest. Il forme par ses enlacements cinq grandes presqu'îles dont les parties saillantes ont été accentuées par le travail incessant des eaux ; ce sont les presqu'îles de Billancourt, de Gennevilliers, du Vésinet, de Saint-Germain et de Carrières sous Poissy.

De Meulan à Mantes, le cours de la Seine est à peu près droit ; de Mantes à Bonnières le fleuve se replie trois fois sur lui-même et forme les deux presqu'îles de Guernes et de Moisson. De Bonnières jusqu'à Villiers, la vallée ne décrit aucune courbe. De Villiers à Connelles le fleuve forme encore deux presqu'îles très accentuées, l'une en face des Andelys et l'autre en face de Vironvay. Enfin, après avoir encore formé une longue et étroite presqu'île entre Pont-de-l'Arche et Oissel, la Seine a un cours à peu près régulier jusqu'à Rouen.

De Rouen jusqu'à Quillebeuf, les méandres de la vallée sont encore plus accentués que de Paris à Meulan. A partir de Quillebeuf la vallée change de caractère et fait partie du golfe de Seine.

Au sortir de Paris la vallée de la Seine a 1,500 mètres de largeur et forme la plaine d'Issy ; en face des Moulineaux elle se resserre à 850 mètres ; à Saint-Cloud, elle n'a plus que 600 mètres ; elle s'ouvre un peu en face du bois de Boulogne et atteint 1,000 mètres. Au pont de Neuilly, elle se resserre à 850 mètres ; après Neuilly la vallée s'ouvre considérablement et forme les grandes plaines de Levallois, Clichy et Gennevilliers ; la vallée, dans cette partie, atteint 6,000 mètres de largeur ; un peu avant Bezons, la largeur n'est plus que de 800 mètres ; elle s'élargit de nouveau en face de Houilles, de Rueil, de Chatou et de Marly, jusqu'au Pecq. A partir du Pecq jusqu'à Sartouville, la vallée n'a plus qu'environ 800 mètres de largeur. De Sartouville à Poissy, la largeur de la vallée varie de 2 à 3 kilomètres ; de Poissy à Meulan, la vallée se resserre et n'a plus que de 1,000 à 1,500 mètres.

De Meulan à Vernon, la largeur moyenne de la vallée est d'environ 1,500 mètres ; cette largeur se maintient encore jusqu'à Andé, en face de Saint-Étienne-de-Vauvray ; à partir de ce point, les vallées de l'Eure et de la Seine se confondent et forment jusqu'à Pont-de-l'Arche une plaine immense. La vallée dans cette partie a 5 kilomètres de largeur. De Pont-de-l'Arche jusqu'à Rouen, la vallée est à peu près régulière et se maintient à 1,500 mètres de largeur en moyenne.

Le fleuve n'occupe qu'une partie minime de la vallée, sa largeur est de 150 mètres au sortir de Paris et de 350 mètres à son entrée à Rouen ; le cours de ses eaux est divisé par un nombre considérable d'îles dont la forme est généralement très allongée. Le lit du fleuve se tient très rarement au milieu de la vallée ; la plupart du temps il longe alternativement l'un des coteaux, s'attache à lui et délaisse la plaine du côté opposé. Cette disposition tient à la propriété qu'ont les eaux courantes d'affouiller les terrains et de déposer leurs débris dans les lieux voisins de l'affouillement.

Les plaines submersibles de la vallée ont pour la plupart la même origine que les îles et bancs de sables qui encombrent le lit du fleuve et se forment sous nos yeux ; les unes et les autres proviennent des matières charriées par les eaux ; en un mot, ce sont des alluvions.

La pente de la Seine entre Paris et Rouen est très faible ; elle n'est que de 23 mètres ; elle est sensiblement régulière dans sa distribution générale, mais sa tendance est de s'accumuler par échelons de distance en distance et de produire alternativement des mouilles et des rapides. Dans son ensemble, le profil de cette partie du fleuve peut être représenté comme étant formé par une série d'ondulations très allongées du côté d'amont et beaucoup plus courtes du côté d'aval. La marche des alluvions dans le lit d'un fleuve a quelque analogie avec la marche des dunes de sables. La distance fluviale de Paris à Rouen est de 241 kilomètres ; la pente moyenne est de 0^m095 par kilomètre.

La Seine, au dire des ingénieurs qui se sont particulièrement occupés de l'amélioration de son régime, est dans cette partie de son cours celui de nos fleuves qui est le plus favorable à la navigation. Ses rives sont à la fois élevées et résistantes, et les eaux en temps d'étiage sont suffisamment abondantes ; les crues sont modérées et très allongées. La basse Seine se prête merveilleusement à tous les travaux hydrauliques, soit qu'on veuille édifier, soit qu'on veuille draguer. Les alluvions reposent sur de la marne argileuse ou de la craie, et nulle part on ne rencontre de roches formant écueil.

En présence de ces facilités exceptionnelles pour approprier le fleuve à la navigation, il est permis de se demander comment il se fait qu'après un demi-siècle d'efforts et de travaux, Paris, qui est le plus grand centre de commerce et de production de la France, ne soit pas encore en possession de la voie navigable qu'il désire depuis si longtemps et qui serait si profitable à ses intérêts. Pour nous, il n'est pas douteux que le seul obstacle qui ferme aux navires de mer l'accès des quais de la capitale, tient à la faiblesse des moyens employés pour maîtriser les eaux et aux principes défectueux sur lesquels repose le système en vogue de la canalisation par barrages mobiles.

La vallée de la basse Seine, comme celle de la plupart des fleuves à l'approche de leur embouchure, est composée de deux parties bien distinctes. L'une est le résultat du travail des eaux primitives, elle est le conduit naturel qui a servi à écouler les eaux diluviennes lorsque les terrains qui composent la majeure partie du bassin de la Seine se sont élevés au-dessus du niveau de la mer. Cette première partie de la vallée est absolument nette d'alluvions; les eaux primitives, soit par action chimique, soit par action mécanique, ont dissous ou entraîné dans leur masse tous les débris du sol sur lequel elles ont passé, et ont creusé le canal nécessaire à leur écoulement. C'est cette première partie qui forme ce que nous pouvons appeler la cuvette de la vallée.

Après l'écoulement des eaux primitives, la vallée de la Seine s'est trouvée beaucoup trop considérable pour celui des eaux pluviales, et ces dernières, n'ayant ni une vitesse, ni une masse suffisantes pour charrier jusqu'à la mer les matières plus ou moins abondantes et plus ou moins volumineuses qu'elles pouvaient tenir en suspension, les ont déposées sur leur parcours et ont produit avec le temps les plaines d'alluvions et les îles qui forment les terrains actuels de la vallée.

Ce sont les alluvions qui composent la deuxième partie de la vallée de la basse Seine; elles forment le lit ou plutôt le matelas sur lequel reposent et coulent les eaux du fleuve.

La marche des alluvions dans les vallées est plus ou moins rapide, suivant que le fleuve est plus éloigné ou plus près d'avoir conquis son profil définitif. Généralement, lorsque la pente limite est atteinte comme dans la partie de la Seine qui nous occupe, la masse des alluvions n'augmente plus, et c'est à peine si les déperditions occasionnées par les troubles ou matières ténues qui vont se disperser dans la mer sont compensées par les sables ou graviers qui se déposent dans le lit du fleuve.

Les alluvions qui garnissent la cuvette de la vallée de la basse Seine sont essentiellement perméables; elles sont le produit des dégradations et du lavage du sol; elles se composent de couches plus ou moins régulières de galets, de graviers, de sables et de limon qui se succèdent d'une manière très variable; elles ont le même caractère que les îles et les atterrissements qui sont de formation récente, et la drague qui enlève les dépôts encombrant le chenal navigable de la Seine nous montre suffisamment leur perméabilité et dispense d'insister sur ce point.

L'eau s'écoule dans les vallées de deux manières différentes.

Le fleuve et ses affluents forment les organes apparents de l'écoulement; les terrains d'alluvions qui garnissent les vallées en forment les organes secrets. Tout le monde connaît le rôle des rivières par rapport à l'écoulement superficiel des eaux, il n'en est pas de même pour les alluvions en ce qui concerne les écoulements souterrains.

En matière de navigation fluviale, toute l'attention a été absorbée par les écoulements superficiels; on a étudié les lois de la marche de l'eau dans les rivières, mais jamais on ne s'est avisé de faire les mêmes études à propos de l'écoulement de l'eau à travers le sol poreux qui garnit leur vallée.

En géologie et en agriculture, on sait que les terrains perméables ont la propriété de se laisser traverser par l'eau et que, s'ils reposent sur une couche imperméable légèrement inclinée, l'eau s'écoule en suivant l'inclinaison de cette dernière par mille conduits divers et souvent parcourt ainsi de très grandes distances sans qu'on puisse se douter à la superficie de son cheminement souterrain.

Les terres perméables qui garnissent la cuvette d'une vallée se conduisent par rapport à cette dernière exactement comme si elles étaient superposées à une couche de terrain imperméable; elles se laissent traverser par l'eau et l'écoulement souterrain a lieu en suivant la pente générale de la cuvette.

L'énergie de l'écoulement souterrain dépend du développement du périmètre mouillé de la rivière, de la section des terres perméables au-dessous du niveau de l'eau, de la porosité de ces dernières, de leur rapprochement du bassin d'alimentation et enfin de la hauteur de la colonne d'eau qu'elles supportent.

Les alluvions qui garnissent la cuvette de la vallée remplissent un double rôle; elles reçoivent et écoulent une partie des eaux de la rivière superficielle, et elles apportent à la rivière ou écoulent directement les eaux qui s'épanchent par les parois de la vallée.

Elles sont à la fois et des affameurs et des affluents souterrains. Lorsque les eaux affluentes sont le produit de nappes d'eau souterraines importantes, comme dans certaines parties de la vallée de la Seine, elles apportent généralement avec elles des débris assez nombreux pour former au milieu des alluvions une couche aquifère particulière qui devient leur domaine et n'est en quelque sorte que le prolongement de la nappe d'eau souterraine des coteaux. Dans ce cas, on distingue très nettement dans la masse des alluvions les parties qui contribuent à l'alimentation de la rivière de celles qui ont un rôle opposé.

Personne n'oserait contester la propriété qu'ont les alluvions de se laisser pénétrer par l'eau; c'est là une qualité qui tient à leur principe de formation et cette propriété est si généralement admise, qu'il est établi comme règle quand on veut construire un canal latéral qu'il faut éloigner ce dernier de la vallée et le reporter sur le coteau pour éviter les infiltrations.

Du reste, par l'expérience directe, on peut démontrer la perméabilité des terrains qui garnissent la cuvette d'une vallée ; il suffit d'y creuser un puits ou une tranchée pour voir immédiatement l'eau sourdre de tous les côtés quand on est parvenu au-dessous du niveau de la rivière. La seule chose qui soit discutable en cette matière, c'est la plus ou moins grande perméabilité des alluvions; ainsi, celles qui garnissent la vallée du Rhône sont plus perméables que celles de la vallée de la Loire, et ces dernières le sont plus que celles de la vallée de la Seine.

En conséquence, si l'on veut modifier avec certitude le régime d'un fleuve au point de vue de l'écoulement des eaux, il est indispensable de s'occuper des deux voies par lesquelles les eaux s'écoulent, la voie superficielle et la voie souterraine.

CHAPITRE II

Débit de la basse Seine. — Travaux anciens pour l'amélioration de la navigation. — Canalisation par dérivations et barrages mobiles. — Division en huit biefs. — Description des barrages de Suresnes et de Bougival. — Description de l'appareil mobile. — Avantage des barrages mobiles. — Résultat des travaux de canalisation exécutés de 1838 à 1866. — Le tirant d'eau de 1m60, objectif de la canalisation, n'a pas été réalisé. — Création d'un nouveau bief et modification des travaux précédents en vue d'un tirant d'eau de 2 mètres. — Nouvelle déception. — Causes auxquelles ce double échec est attribué. — Grand projet de canalisation présenté par M. Krantz pour obtenir un tirant d'eau de 3 mètres. — Remaniement et réfection des biefs. — Division de la basse Seine en dix biefs. — Adoption de ce projet et vote de 32,000,000 de francs pour l'exécution.

La basse Seine a un régime assez régulier et ses eaux d'étiage sont suffisamment abondantes pour répondre à tous les besoins de la navigation quel que soit leur développement, pourvu toutefois que l'on se rende maître de la totalité du débit d'étiage et qu'on l'applique en entier à la navigation.

Le bassin de la Seine est très considérable, sa superficie est de :

> 43,270 kilomètres carrés à Paris ;
>
> 61,509   —   à Poissy ;
>
> 62,537   —   à Mantes ;
>
> 71,863   —   à Rouen.

Le débit de la Seine à Paris a été mesuré à plusieurs reprises, malheureusement les résultats trouvés n'ont pas donné lieu à des chiffres concordants et ont été diversement interprétés.

Suivant M. Poirée, le débit d'étiage de la Seine serait à Paris de 75^{m3} à la seconde; suivant MM. Vaudrey et Comoy, il ne serait que 48^{m3} ou 45^{m3}. Cette divergence ne provient pas d'erreurs de mesures ou de calculs; on doit uniquement l'attribuer aux variations que l'état du fleuve a subies depuis l'établissement des zéros des échelles du pont de la Tournelle et du pont Royal, zéros qui ont été pris comme points de repère pour fixer l'étiage du fleuve.

On dit qu'une rivière est à l'étiage quand le volume de son écoulement a atteint la limite des plus basses eaux. Il est bien évident que si, sans changer cette limite, on modifie la section d'écoulement, on doit troubler l'étiage; c'est ce qui est arrivé à l'aval des échelles précitées par suite de la réfection des ponts de Paris et des travaux dans le lit du fleuve.

Nous attribuerons donc la divergence que nous avons signalée à l'incertitude des anciens repères pour la fixation de l'étiage, et nous prendrons le chiffre le plus faible, soit 45^{m3} à la seconde, pour représenter le débit de la Seine à Paris pendant les plus basses eaux. Ce chiffre représente à peu près 1 litre d'eau à la seconde et par kilomètre carré de bassin, et concorde avec les observations très nom-

breuses faites sur le produit moyen des sources en temps de
sécheresse par M. l'abbé Paramelle, qui peut être considéré
comme une autorité en semblable matière.

En adoptant ce module de débit d'étiage, qui correspond
à 1 kilomètre carré, il suffit de connaître la superficie du
bassin pour avoir la mesure du débit de la rivière ; et le
débit de l'étiage de la basse Seine pourra être évalué comme
suit :

A Paris................   43^{m3}270 ;
à Poissy..............   61^{m3}509 ;
à Mantes ....   62^{m3}537 ; ·
à Rouen..............   71^{m3}863.

La Seine est en eaux moyennes quand elle débite, à Paris,
de 270 à 280^{m3} à la seconde et s'élève à la cote 2^{m}05 de
l'échelle du pont Royal. Ses crues ordinaires varient de
450 à 1,200^{m3} et correspondent aux cotes 3 et 6 mètres de
la même échelle. Les crues au-dessus de 6 mètres sont
exceptionnelles, cependant elles peuvent dépasser de beaucoup ce chiffre ; la crue de 1658 a atteint 8^{m}80, cote qui,
suivant M. Poirée, correspond à un débit de 2,160^{m3} à la
seconde ; c'est la plus grande crue dont on ait conservé le
souvenir. En décembre 1872, la Seine a atteint 6^{m}85 et au
mois de mars 1876 elle a atteint 7^{m}40 ; ces deux cotes correspondent à des débits approximatifs de 1,450 et 1,650^{m3}
à la seconde.

La variation du volume d'eau est la cause principale qui empêche la Seine d'être navigable naturellement.

Au début, lorsqu'on a voulu améliorer la navigation de Paris à Rouen, on a songé à augmenter le mouillage en resserrant le fleuve sur les points extrêmes des hauts-fonds, c'est-à-dire à la limite des biefs naturels. L'étranglement des rapides a déterminé l'approfondissement des pertuis au moyen desquels on pouvait passer d'un bief dans l'autre ; mais il a eu comme résultat, en creusant les seuils, de vider les biefs et de reproduire à l'amont les hauts-fonds qu'on a voulu éviter à l'aval ; les obstacles ont été déplacés et rien de plus. Les dragages sur les seuils ont amené un résultat analogue, et ces premières tentatives n'ont produit aucune amélioration sérieuse pour la navigation. C'est alors que l'idée des dérivations pour éviter les rapides a surgi, et qu'en se perfectionnant elle a amené le système de la canalisation par barrages mobiles munis d'écluses.

Ce système a été appliqué d'abord à la retenue de Bougival et a donné une amélioration relative considérable ; c'est à la suite de ce premier succès que son adoption a été résolue et généralisée sur la Seine.

La Seine, de Paris à Rouen, a été divisée en huit biefs, en suivant autant que possible la disposition naturelle de son profil, et comme on voulait arriver à un minimum de dépense pour la canalisation, on a limité le nombre des biefs à celui jugé nécessaire pour donner à la navigation

un tirant d'eau réglementaire minimum de 1ᵐ60, et cela
sans tenir compte des différences de longueur qui pouvaient
exister entre les biefs.

Les biefs ont été répartis de la manière suivante :

1ᵉʳ bief. — De Rouen à Martot.	Longueur	23,460ᵐ
2ᵉ — De Martot à Poses.	—	14,628
3ᵉ — De Poses à la Garenne	—	41,032
4ᵉ — De la Garenne à Meulan	—	66,386
5ᵉ — De Meulan à Andresy	—	19,894
6ᵉ — D'Andresy à Bougival	—	26,500
7ᵉ — De Bougival à Suresnes	—	31,500
8ᵉ — De Suresnes au pont de la Tournelle.	—	15,400

On a profité des îles de la Seine pour réunir les eaux dans
un seul bras, et afin d'assurer la navigation avec le tirant
d'eau de 1ᵐ60 dans ce bras unique, on l'a disposé de manière
à pouvoir être barré à volonté et à ne communiquer avec le
bief d'aval qu'au moyen d'une écluse comme dans les canaux
artificiels. On a fixé la limite des relèvements d'eau au-
dessous de laquelle le mouillage ne devait pas s'abaisser, en
tenant compte, toutefois, de l'élévation naturelle que la veine
d'écoulement du fleuve devait produire elle-même pendant
l'étiage sous l'influence des remous provoqués par les barrages.

Afin de bien faire comprendre le système de canalisation
adopté pour la Seine, nous allons décrire rapidement les
deux barrages éclusés de Suresnes et de Bougival, qui sont
dans le voisinage de Paris et qui ont le mérite de barrer le

fleuve de deux manières différentes, bien que reposant sur les mêmes principes.

Le barrage de Suresnes a été établi en se servant des îles de Puteaux, du Pont et de la Grande-Jatte. Ces trois îles ont été réunies entre elles au moyen d'un barrage fermant l'intervalle qui sépare la première de la deuxième, et d'un déversoir fermant l'intervalle qui sépare la deuxième de la dernière. Elles forment ainsi une longue chaussée de 5 kilomètres qui divise les eaux du fleuve en deux bras.

Le bras de gauche a été fermé à l'amont au moyen d'un barrage mobile muni d'une écluse; ce barrage est appuyé sur l'extrémité du déversoir qui termine le pointis de l'île de Puteaux et sur le bajoyer d'eau de l'écluse de Suresnes.

Le bras de droite a été fermé au moyen d'un autre barrage mobile qui part du pointis aval de l'île de la Grande-Jatte et vient s'appuyer sur la rive droite un peu au-dessous de l'avenue des Arts, à Levallois-Perret.

Comme on le voit, la fermeture du fleuve a été obtenue à l'aide d'un premier barrage éclusé à l'amont du bras gauche, de la chaussée de 5 kilomètres formée par les trois îles reliées entre elles, et enfin au moyen d'un barrage à l'aval du bras droit; de telle sorte que la charge de l'eau porte non seulement sur les barrages, mais encore sur la longue chaussée qui divise le fleuve en deux bras.

Le barrage de Suresnes est disposé de manière à relever le plan d'eau du bief jusqu'à la cote d'altitude 26m03. Le plan d'eau du bief suivant étant à la cote 23ᵐ73, la pression que supportent le barrage de Suresnes et les rives, est représentée par une colonne d'eau de 2ᵐ30 de hauteur.

Pour l'établissement du barrage mobile de Bougival, on a également profité, comme pour le précédent, de la série d'îles allongées qui divisent le fleuve en deux bras principaux, depuis Bezons jusqu'à Bougival; ce sont : les îles de la Morue, des carrières Saint-Denis, du Chinard, de la Chaussée, de Gautier et de la Loge. Ces îles ont été réunies comme les précédentes, et un premier barrage mobile a été construit entre le pointis amont de l'île de la Morue et la rive droite pour fermer le bras droit; l'écluse a été installée obliquement au milieu du fleuve entre les îles Gautier et de la Loge, et le barrage de Marly ferme le bras gauche à l'aval de l'écluse en s'appuyant sur l'île de la Loge et sur la rive gauche. La navigation suit donc le bras gauche depuis Bezons jusqu'à l'écluse et reprend ensuite le bras droit après avoir franchi l'écluse.

La chaussée formée par les îles a 8 kilomètres de longueur; elle supporte au milieu du fleuve, ainsi que les barrages et les rives, une charge d'eau de 3ᵐ45 de hauteur, le niveau du bief suivant étant à l'altitude de 20ᵐ28.

Dans la dérivation du barrage de Suresnes la charge d'eau appuie du côté du bras parasite, dans celle de Bougival elle appuie du côté du bras destiné à la navigation.

Les autres barrages mobiles de la Seine ont été établis

d'après les mêmes procédés et principes, à l'exception du barrage de Meulan qui ferme le fleuve sans le secours des îles.

La partie mobile des barrages se compôse d'un système d'armatures à charnières supportant des poutrelles ou aiguilles qui, par leur juxtaposition, s'opposent au passage de l'eau. Tout l'appareil comprend : 1° un radier avec seuil établi au fond de la rivière ; 2° des fermettes en fer fixées au radier au moyen de charnières leur permettant d'être relevées ou abaissées ; 3° des longuerines pour réunir les têtes des fermettes lorsque ces dernières sont relevées, et enfin 4° des poutrelles dites aiguilles qui sont juxtaposées et supportées par le seuil du radier et les longuerines.

Les aiguilles forment la muraille mobile qui barre le fleuve. Lorsque les eaux sont menaçantes, on enlève les aiguilles, on dégage les têtes des fermettes des longuerines et on couche les fermettes sur le radier, de telle sorte qu'il ne reste plus aucun obstacle pour gêner l'écoulement de l'eau. Lorsque les eaux viennent à diminuer, on relève les fermettes, on les fixe aux longuerines et on replace les aiguilles en nombre suffisant pour que la rivière atteigne le niveau voulu. Si les eaux continuent à baisser, on augmente le nombre des aiguilles jusqu'à fermeture complète. Lorsque les eaux augmentent, on fait la manœuvre inverse, on enlève un certain nombre d'aiguilles. Les déversoirs servent de guide pour le maintien du niveau réglementaire et les manœuvres.

Ce système de barrage est des plus ingénieux et l'on comprend facilement la faveur dont il est l'objet. Rarement on a produit une invention réunissant autant d'avantages et ayant moins d'inconvénients. Comme on le sait, nos ingénieurs, dans leurs travaux en rivière, ont toujours été aux prises avec les terreurs et les récriminations des riverains. S'ils font un ouvrage quelconque, immédiatement une clameur s'élève : ils vont gêner l'écoulement de l'eau et noyer la vallée. Les mariniers eux-mêmes sont tout aussi impressionnables, ils n'admettent pas volontiers une amélioration achetée par une gêne ou un retard dans les manœuvres.

A ces points de vue divers, le système des barrages mobiles est véritablement une œuvre de génie. En resserrant la veine liquide au moyen des aiguilles, il permet d'obtenir le mouillage nécessaire et peut dispenser le marinier de subir la gêne de l'écluse ; pendant l'étiage, il fournit, en interrompant l'écoulement un mouillage inesperé, et lorsque les eaux sont menaçantes pour les riverains, il peut disparaître et laisser au fleuve un libre cours.

Malheureusement les nombreux avantages présentés par le système des barrages mobiles adopté pour le premier remaniement général du régime de la basse Seine ont fait oublier qu'un ouvrage, si parfait qu'il soit, ne peut produire que des effets que sa nature comporte là où il est établi.

Les travaux de la canalisation de la Seine entre Paris et

Rouen ont commencé en 1838 et se sont terminés en 1866; ils ont occasionné une dépense de 14,344,573 fr., y compris les réparations pendant le cours des travaux.

Ce grand travail a donné lieu à de grandes déceptions; le tirant d'eau de 1^{m}60 qui avait été promis, n'a pas été obtenu, et sur certains points du fleuve il n'a pas été possible de naviguer avec un enfoncement de plus de 0^{m}90 pendant l'étiage.

Ce premier insuccès a été attribué à diverses causes, notamment à l'exagération, dans les calculs, des gonflements produits par les remous, au défaut d'élévation ou au mauvais état de certains barrages et à la grande disproportion de la longueur des biefs entre eux.

Pour remédier à cet état de choses, des travaux complémentaires furent prescrits en 1866, et il fut ouvert au budget un crédit de 6,500,000 fr. au profit de la canalisation. Il fut décidé qu'entre la Garenne et Meulan on construirait, à Port-Villers, un barrage éclusé pour couvrir les hauts-fonds en dehors de la portée du barrage de la Garenne, qu'on exhausserait les barrages de Poses, de la Garenne et de Meulan, et qu'on exécuterait divers dragages et redressements de berges. Grâce à ces nouveaux travaux et à ces améliorations, on espérait obtenir un tirant d'eau minimum de 2 mètres pendant les sécheresses. On éprouva une nouvelle déception; les résultats furent loin de confirmer les prévisions, car non seulement le tirant d'eau de 2 mètres n'a pas été atteint, mais même celui de 1^{m}60, objectif des anciens travaux, n'a pas été réalisé pendant l'étiage.

Ici vient se placer un fait important qui a exercé une influence décisive sur les résolutions qui ont été adoptées récemment à l'occasion de la basse Seine.

Un de nos ingénieurs les plus remarquables, M. Krantz, chargé depuis de longues années du service de la navigation entre Paris et Rouen, et chargé en même temps de la direction des travaux, fut vivement impressionné par les déceptions successives éprouvées dans le remaniement du fleuve et s'appliqua à rechercher les causes de cette série d'insuccès.

Après avoir reconnu les qualités exceptionnelles inhérentes à la Seine qui lui permettent de se prêter à tous les travaux nécessaires pour sa transformation en une grande voie de navigation, et après avoir constaté que chaque barrage en particulier avait produit dans la limite de la portée du relèvement du plan d'eau une amélioration indiscutable, M. Krantz n'hésita pas à conclure que l'insuccès des travaux antérieurs provenait de deux causes principales : la disproportion de la longueur des biefs qui laissent certains points en dehors de l'influence des barrages, et l'inefficacité des remous pour surélever le mouillage au-dessus des plans d'eau déterminés par les barrages.

Pénétré de cette double idée, M. Krantz se livra à un grand travail; il fit faire le relevé du profil de la Seine et

de ses berges depuis Paris jusqu'à Rouen, et c'est après ce
travail préalable qu'il proposa un plan d'ensemble pour
assurer à la navigation un tirant d'eau de 3 mètres de
profondeur. A l'appui de son projet, M. Krantz produisit
un mémoire très remarquable dans lequel il faisait ressortir
tous les avantages que la vallée industrielle de la Seine re-
tirerait d'une grande voie navigable donnant accès aux
navires de mer et permettant à la batellerie d'accroître le
tonnage de ses bateaux.

Voici comment les biefs devaient être distribués d'après
le nouveau projet :

1er bief. —	De Rouen à Martot.........	23,460m	Chute	3m10
2e —	De Martot à Poses..........	14,628	—	3 30
3e —	De Poses à Thosny	30,700	—	3 30
4e —	De Thosny à Villez.........	26,900	—	3 20
5e —	De Villez à Rolleboise......	24,300	—	2 40
6e —	De Rolleboise à Meulan.....	25,600	—	2 »
7e —	De Meulan à Andresy......	19,900	—	2 »
8e —	D'Andresy à Bougival......	26,500	—	3 20
9e —	De Bougival à Suresnes.....	31,500	—	2 40
10e —	De Suresnes à la Monnaie ..	15,400	—	» »

Dans chacun de ces biefs, on ne devait compter comme
mouillage effectif que celui résultant de la hauteur du plan
d'eau, abstraction faite de l'influence contestée des remous.

Le mouillage permettant de naviguer avec un tirant
d'eau de 3 mètres devait être obtenu dans le bief de
Rouen au moyen de la marée et du dragage de quelques

hauts-fonds; dans le bief de Martot, il suffisait de faire quelques dragages et de relever le plan d'eau de 23 centimètres en le portant à la cote 4^{m}50; dans le bief de Poses, on devait refaire l'écluse pour en abaisser les buscs et porter le niveau du plan d'eau de 6^{m}69 à 7^{m}80, quelques dragages dans le chenal devaient compléter le mouillage; le bief de Thosny devait remplacer celui de la Garenne et le plan d'eau devait y être relevé jusqu'à la cote 11^{m}10; dans le bief de Villez, le mouillage nécessaire devait être obtenu en portant le niveau du plan d'eau à 14^{m}50; dans celui de Rolleboise, en portant le plan d'eau à 16^{m}70; dans celui de Meulan, en surélevant le niveau de la cote 16^{m}69 à celle de 18^{m}70, et dans celui d'Andresy, en portant le plan d'eau de 20^{m}20 à 20^{m}70; dans le bief de Bougival, l'écluse, en raison de l'abaissement du busc, devait être refaite et le niveau du plan d'eau porté de 23^{m}73 à 23^{m}90; enfin dans le dernier bief, le mouillage était obtenu en portant le niveau à la cote 26^{m}33.

La dépense totale était évaluée à 18,000,000 de francs.

Par suite de ce projet, dont les dispositions générales ont été adoptées après les études définitives et qui est actuellement en voie d'exécution, la canalisation de la basse Seine sera absolument complète; le lit du fleuve se trouvera, en effet, transformé en une série de biefs communiquant entre eux au moyen d'écluses et dans lesquels l'eau ne devra pas s'abaisser au-dessous de la limite réglementaire fixée par les déversoirs ou décharges des barrages, comme dans les canaux ordinaires.

Comme on le voit, les travaux qui doivent être exécutés de nouveau sur le fleuve entre Paris et Rouen ne sont en définitive que le complément et l'amplification des anciens ouvrages, et la pierre angulaire du système de canalisation demeure toujours la même. C'est toujours au moyen des mêmes procédés et engins, des barrages mobiles et dérivations tels qu'ils ont été pratiqués sur la basse Seine, qu'on espère obtenir la navigation à 3 mètres de tirant d'eau.

CHAPITRE III

Discussion du système de canalisation par barrages mobiles. — Il ne peut produire sur la basse Seine que des relèvements d'eau très limités. — Perméabilité du fond et des rives. — La pression augmente la force de pénétration de l'eau. — Expérience pour mesurer la hauteur du relèvement d'eau que le lit d'un fleuve canalisé peut supporter. — Application au barrage de Suresnes. — Pendant l'étiage, la totalité du débit du fleuve ne suffit pas pour compenser les infiltrations à travers les alluvions de la vallée. — Les tableaux du service hydrométrique de la Seine constatent les nombreuses désertions du niveau réglementaire. — Évaluation des surfaces d'infiltration et de la section des écoulements souterrains du bief de Suresnes. — Impuissance du système adopté pour la canalisation de la basse Seine.

Lorsqu'un système de travaux, après avoir été expérimenté pendant de longues années, continue encore à recevoir l'approbation des hommes les plus remarquables par leur science et par leur compétence, il est bien difficile de ne pas éprouver un très grand embarras quand il s'agit de contester la valeur ou l'opportunité de l'application de ce système. De quel poids, en effet, peuvent peser dans l'esprit du public les arguments produits par une voix non autorisée à l'encontre d'une opinion qui a pour elle et la tradition et la sanction des corps savants !

De nos jours, la division du travail a fait des progrès réels

3

et de même qu'on ne voudrait pas perdre son temps en
allant ouvrir la porte quand il y a un concierge dans la
maison, de même on ne voudrait pas s'imposer la fatigue de
connaître et de juger soi-même quand on a délégué ce soin
aux personnages en faveur. Ce perfectionnement dans l'ordre
psychologique nous épargne le temps et la peine de la discussion, et nous porte naturellement à n'accepter comme
vérité que les opinions revêtues de l'étiquette autorisée.

Quoi qu'il en soit, une conviction qui est le résultat
d'études approfondies et de longues années d'observations
ne saurait s'arrêter devant l'écueil inévitable de l'indiffé-
rence ; au contraire, elle est entraînée par une force invi-
sible vers cet abîme où tant de malheureux ont fait naufrage.
Elle se raffermit contre le danger en pensant que les
naufrages de la pensée laissent quelquefois des épaves qui
sont recueillies par le temps et disputées par les diverses
nationalités comme une marque d'honneur.

Le système des barrages mobiles avec dérivations est
certainement très ingénieux ; il est inoffensif au point de
vue des eaux ; il permet d'augmenter le mouillage pendant
l'étiage sans apporter d'entraves à l'écoulement du fleuve
pendant les crues ; il donne à l'ingénieur chargé des travaux
de canalisation d'une rivière le repos et la paix de l'esprit
en le délivrant des récriminations et des vaines terreurs des
riverains ; il n'a pas la prétention de maîtriser les eaux ;
il n'aspire qu'à être le plus docile de leurs serviteurs.

Les barrages mobiles ont apporté à la navigation de la basse Seine des améliorations incontestables qui ont fait croire d'une manière absolue à leur efficacité comme moyens de canalisation; ils seraient à l'abri de toute critique si l'on ne s'était pas avisé d'en généraliser l'emploi et de vouloir leur demander de soutenir en tout lieu des relèvements d'eau qu'ils sont incapables de supporter.

En réunissant dans un bras unique les eaux dispersées autour des îles nombreuses qui encombrent le lit de la basse Seine, il est bien certain qu'on augmentera le mouillage. Il est de principe, en hydraulique, qu'en diminuant la section d'écoulement dans le sens de la largeur, on obtient une augmentation dans le sens de la hauteur. Il est encore vrai que si l'on arrête complètement l'écoulement de l'eau dans la rivière, on peut obtenir un mouillage plus considérable que par une simple dérivation.

Ces deux principes, sur lesquels repose tout le système des barrages mobiles, sont absolument incontestables; mais les effets qu'ils doivent produire sont diminués ou amplifiés suivant la nature des terrains qui garnissent la cuvette de la vallée du fleuve.

Sur un sol complètement étanche, les barrages mobiles produiraient un maximum d'effet qui pourrait être mesuré avec une rigueur mathématique au moyen des formules de l'hydraulique; mais sur un sol plus ou moins perméable, ils ne peuvent produire que les effets qui sont en rapport avec la perméabilité des terrains, et si les travaux ont comme résultat d'augmenter la pression et la force de la pénétration des eaux, les premiers effets obtenus iront en s'atténuant avec le temps.

L'eau qui coule dans une rivière produit évidemment une pression sur les parois qui en forment le fond et les rives, exactement comme l'eau qui coule dans un conduit presse les parois de ce conduit; si, comme nous l'avons vu au chapitre Ier, les terrains qui forment le lit de la basse Seine sont perméables, ils doivent nécessairement, sous l'influence de cette pression, se laisser pénétrer par l'eau et donner lieu à des déperditions considérables.

Les barrages mobiles, en produisant dans les biefs des relèvements d'eau, augmentent le périmètre mouillé de la rivière et ajoutent à la pression naturelle de l'eau un excès de pression qui a pour mesure la charge produite par une colonne d'eau d'une hauteur égale à celle du relèvement.

Sous l'influence de cette pression artificielle qui, dans la plupart des barrages de la basse Seine, dépasse 3 mètres de hauteur, il est bien évident que les déperditions d'eau par infiltration doivent être augmentées dans des proportions inouies.

Tout le monde sait qu'en opérant une pression sur un liquide on augmente sa force de pénétration et qu'on peut même lui faire traverser les corps les plus compacts et les plus résistants. Un fabricant de filtres sait très bien qu'en augmentant la hauteur de la colonne d'eau au-dessus de la surface filtrante ou en développant cette surface, il augmente le débit du filtre; les personnes qui fréquentent les squares, parcs ou promenades publics savent très bien que quand on veut les orner de lacs et de rivières artificiels, il ne suffit pas de creuser le sol et d'y mettre de l'eau, qu'au contraire on est obligé de prendre mille précautions pour empêcher l'eau de se perdre dans la terre; un ingénieur, quand il construit un canal qui traverse un terrain perméable, se donne la peine de faire exécuter des remblais autour de la cuvette avec des terres compactes, de manière à empêcher les infiltrations.

Ce sont là des vérités vulgaires et il est bien certain que si, dans le système que nous critiquons, on n'a pas cru devoir en tenir compte, ce n'est pas parce qu'on les a ignorées, mais c'est uniquement parce qu'on a pensé qu'il était inutile de s'en préoccuper.

Comment s'imaginer, en effet, qu'en canalisant un fleuve dans le voisinage de son embouchure, on puisse se trouver à court d'eau pour la navigation? Comment croire que l'on doive prendre pour ce travail des précautions analogues à celles que l'on prend quand on construit un canal qui traverse une ligne de faîtes? Qui donc peut douter de l'approvisionnement d'eau, quand on est en présence d'un bassin d'alimentation aussi considérable que celui de la Seine?

Il est certain que le volume des eaux d'étiage de la basse Seine est considérable pris isolément, mais s'il est comparé à celui des alluvions qui garnissent la cuvette de la vallée, il ne paraît plus avoir la même ampleur. En outre, quand on a mesuré le débit du fleuve, a-t-on jamais mesuré la puissance d'absorption des terrains de la vallée? Et cependant, si cette puissance d'absorption dépasse le débit lors des sécheresses, comment pourra-t-on maintenir les eaux à la surface et relever le niveau des biefs, si l'on ne commence pas par arrêter les infiltrations?

Nous avons des exemples de rivières et de fleuves dont la plus grande partie des eaux s'échappe à travers les alluvions et ne paraît pas à la surface pendant la sécheresse. Dans le midi de la France, on rencontre des rivières dont le lit est à sec une partie de l'année et sert de route aux riverains. Quand on veut dériver l'eau d'une semblable rivière, on va la chercher dans les alluvions; on creuse une tranchée oblique dans le thalweg jusqu'au roc; on la remplit avec de l'argile ou du béton jusqu'au niveau nécessaire et on recouvre le tout avec les galets ou graviers qui forment le sol de la vallée; les eaux souterraines se trouvent captées, elles suivent le bourrelet de béton qui sert de barrage, et sont recueillies à son extrémité inférieure et employées soit pour faire mouvoir une usine, soit pour l'irrigation.

La Durance est le plus grand torrent de France. Son débit d'étiage est considérable, et cependant, dans beaucoup d'endroits on peut, pendant les sécheresses, se promener dans sa vallée sans apercevoir à la surface le plus petit filet d'eau.

Le Rhône, qui est notre fleuve le plus riche sous le rapport hydraulique et qui débite à Avignon 460^{m3} d'eau à la seconde en temps d'étiage, ne laisse pas couler à la surface la vingtième partie de cet énorme volume d'eau. Il en est de même de la Loire : on peut la traverser à pied sec pendant les fortes sécheresses; toutes ses eaux coulent sous l'immense plaine de sable qui garnit sa vallée.

D'où il suit que la première chose que l'on aurait dû faire avant d'adopter pour la basse Seine le système de canalisation par barrages mobiles et par dérivations, aurait été de commencer par s'assurer si le lit du fleuve, dans le parcours de Paris à Rouen, avait assez de compacité et de résistance pour supporter les relèvements d'eau qu'on voulait lui faire subir.

Il y a un procédé qui paraît élémentaire pour s'assurer du degré de porosité des alluvions qui garnissent la cuvette d'une vallée. Il consisterait à enfoncer dans le voisinage du fleuve et dans son lit un tube dont les parois seraient criblées de trous, à vider le tube des matières qui auraient pu s'y introduire et à le remplir d'eau jusqu'à la hauteur du relèvement que l'on veut produire par la canalisation. La quantité d'eau que l'on serait obligé d'introduire dans le tube pour maintenir invariablement la colonne d'eau au niveau voulu, servirait à indiquer la puissance d'infiltration ou d'absorption du sol. En répétant cette expérience dans les îles qui servent aux dérivations et dans les lieux voisins des barrages, on pourrait, en quelque sorte, mesurer à l'avance les modifications que les travaux projetés devraient faire subir aux écoulements souterrains.

Cette expérience préalable n'a jamais été faite, parce que l'on ne s'est jamais préoccupé, comme nous l'avons déjà dit ci-dessus, de la possibilité de manquer d'eau dans la vallée d'un grand fleuve, et cela est très fâcheux, puisque en prenant comme exemple le barrage de Suresnes qui est le plus à notre portée, nous allons constater par des vérifications matérielles, absolument indiscutables, que le relèvement d'eau produit par le barrage développe les écoulements souterrains dans des proportions telles, que tout le débit du fleuve ne suffit plus en temps d'étiage pour maintenir le niveau réglementaire et passe de la rivière superficielle dans la rivière souterraine, au grand détriment de la navigation.

Le barrage de Suresnes, dans l'état actuel, est disposé de façon à ce que le plan d'eau du bief ne puisse pas s'abaisser au-dessous de la cote d'altitude de 26^{m}03 ; c'est-à-dire que dans le bief de Suresnes à Paris, le niveau de l'eau ne devrait pas, quelque temps qu'il fasse, s'il était docile, tomber au-dessous de cette cote prise comme limite réglementaire du mouillage minimum que la navigation doit trouver dans cette partie du fleuve.

Nous savons que quand un barrage mobile est relevé et que toutes les aiguilles sont en place, il doit arrêter absolument l'écoulement de l'eau, et que les biefs n'ont plus d'autre communication entre eux que par les écluses, absolument comme dans les canaux ordinaires. Nous avons vu précédemment que le débit minimum de la Seine à Paris est de $43^{m3}270$ à la seconde.

En conséquence, si le barrage de Suresnes était absolument étanche et s'il arrêtait absolument le cours des eaux, non seulement le niveau du bief ne devrait pas s'abaisser au-dessous de la cote d'altitude 26^m03, mais encore il devrait dépasser cette cote de toute la hauteur de la nappe d'eau nécessaire pour débiter $43^{m3}270$ en passant par les déversoirs. L'épaisseur de cette nappe d'eau est très importante ; elle représente environ 35 centimètres, en supposant que les deux déversoirs du barrage de Suresnes aient ensemble 100 mètres de largeur.

Le niveau du plan d'eau réglementaire du bief de Suresnes, reporté à l'échelle du pont Royal, atteint la cote 1^m55, et si l'on tenait compte de l'épaisseur de la nappe d'eau qui représente le débit d'étiage, il devrait atteindre à cette échelle la cote de 1^m90 lorsque le barrage est complètement fermé.

Pour constater si les choses se passent suivant les prévisions officielles, il suffit de se reporter aux tableaux du service hydrométrique du bassin de la Seine, qui indiquent, jour par jour, le niveau des eaux à l'échelle du pont Royal.

Grâce à l'obligeance de M. Lemoine, ingénieur chargé du service hydrométrique de la Seine, nous avons sous les yeux ces tableaux portant sur huit années, depuis le 1er mai 1869 jusqu'au 30 avril 1877, et nous en avons extrait les cotes relatives à l'échelle du pont Royal.

Il résulte de ce résumé que nous avons consigné dans un tableau spécial, en indiquant par une teinte particulière les jours de pénuries, qu'en 1869-70, la cote 1m55 a été désertée 41 fois et que le niveau est descendu 7 fois au-dessous de 1 mètre; qu'en 1870-71, la pénurie d'eau est plus grande encore, la cote 1m55 est désertée 74 fois et tombe au-dessous de 1 mètre pendant 6 jours ; qu'en 1871-72, nous avons 52 désertions et 15 jours au-dessous de 1 mètre; qu'en 1872-73, le niveau se maintient mieux, il ne faiblit au-dessous de 1m55 que pendant 37 jours ; qu'en 1873-74, il ne faiblit au-dessous de 1m55 que pendant 21 jours; qu'en 1874-75, la désertion a lieu pendant 72 jours; qu'en 1875-76, elle n'est que de 19 jours; enfin qu'en 1876-77, elle est de 40 jours. Les quantités de pluies tombées sur le bassin de la Seine pendant cette période ont été en moyenne de 0m592 — 0m492 — 0m608 — 0m880 — 0m673 — 0m546 — 0m715 et 0m704.

Quant à la cote 1m90 qui devrait représenter le niveau du bief lorsque le barrage est fermé, nous n'avons pas à en parler, puisqu'elle est au-dessus du niveau réglementaire; seulement nous avons un peu tenu compte de l'excédent fourni par le débit d'étiage, pour comprendre, dans les jours de pénurie, ceux où la cote 1^{m}55 est seulement atteinte.

Comme on le voit, les tableaux du service hydrométrique prouvent matériellement que le barrage de Suresnes est impuissant pour maintenir, pendant l'étiage, le niveau d'eau réglementaire et tendre le plan d'eau de son bief à l'altitude de 26^{m}03.

Peut-on attribuer ce fâcheux résultat à des fautes commises dans la manœuvre des aiguilles du barrage, ou aux fuites qui se produisent entre les aiguilles juxtaposées? Certainement non. Il est impossible d'admettre qu'un service fait avec autant de rectitude que celui des ponts et chaussées, maintienne en fonctions des employés dont la maladresse se perpétuerait de jour en jour et d'année en année au préjudice de la navigation. On ne peut pas admettre non plus les déceptions à raison des fuites à travers les aiguilles; ce mécompte a été prévu lors de la construction et on sait très bien, qu'en étendant des toiles goudronnées le long du tablier formé par les aiguilles, on peut rendre étanche cette partie du barrage.

Où donc est passé le débit du fleuve qui représenterait, en temps d'étiage, une belle nappe d'eau de 35 centimètres d'épaisseur sur 100 mètres de largeur, si on le faisait couler par l'orifice d'un déversoir? Il est évident que cet énorme volume d'eau n'a pas été anéanti par le barrage.

Sans doute, le barrage n'a pas anéanti le débit du fleuve, mais il a produit un résultat analogue en forçant les eaux à passer de la rivière superficielle, de celle sur laquelle on navigue, dans la rivière souterraine, dans celle où l'on ne navigue pas.

Pour se rendre compte de ce phénomène, il suffit de se reporter à l'expérience du tube dont il a été parlé ci-dessus.

Les diverses parties composant le barrage de Suresnes : l'écluse, la longue chaussée de 5 kilomètres qui divise le fleuve en deux bras, le tablier d'aiguilles qui ferme le bras gauche à l'amont, celui qui ferme le bras droit à l'aval, le fond et les rives du bief lui-même de Suresnes à Paris, seraient l'immense tube aux parois criblées de trous, qu'on aurait placé au milieu des alluvions qui garnissent la cuvette de la vallée de la Seine. Le débit du fleuve serait le filet d'eau qu'on verserait dans le tube, pour essayer de maintenir le niveau de l'eau à la hauteur réglementaire représentée par la cote 26^{m}03, et l'expérience ainsi agrandie démontrerait, en s'appuyant sur les tableaux du service hydrométrique, que le volume des eaux d'étiage du fleuve ne suffit pas pour compenser la puissance d'infiltration et d'absorption développée par le relèvement de l'eau jusqu'à la cote d'altitude 26^{m}03.

Au premier abord, il peut paraître surprenant que le fond

et les rives du fleuve puissent absorber 43^{m3}270 à la seconde ;
mais en y réfléchissant un peu, la surprise cesse promptement. Il suffit pour cela de faire le calcul approximatif des
superficies en contact avec l'eau et de comparer ces dernières avec le débit d'étiage.

Le périmètre mouillé du bief de Suresnes a un développement de 160 mètres en moyenne ; en remontant
seulement à 10 kilomètres, le bief présente au contact de
l'eau, à partir de l'écluse, une superficie de 1,600,000 mètres
carrés ; le périmètre mouillé du bras droit, formé par la
réunion des îles de Puteaux, du Pont et de la Grande-Jatte,
est d'environ 80 mètres, et la longueur de la dérivation de
5 kilomètres, soit une surface mouillée de 400,000^{m2}.

En divisant le débit du fleuve par ces deux surfaces
mouillées, on obtient la puissance moyenne d'absorption par
mètre superficiel, soit :

$$\frac{43m3}{2,000,000} = 0^{m3}0000215.$$

Ainsi, en remontant à 10 kilomètres seulement en amont
de l'écluse, chaque mètre de surface du bief en contact
avec l'eau débite en moyenne ou absorbe par infiltration
un peu moins d'un quart de décilitre par seconde ; comme
on le voit, il n'y a rien de bien surprenant à cela, surtout
en présence de l'énorme pression que le relèvement d'eau
exerce sur le fond et les rives du bief.

Maintenant si l'on veut se rendre compte des débouchés

souterrains que le système des barrages mobiles laisse aux eaux pour cheminer en dehors de la rivière superficielle, il suffit pour cela de calculer la section des terrains qui garnissent la cuvette de la vallée dans le voisinage du barrage.

En se reportant à la carte géologique du département de la Seine, dressée par M. Delesse, on trouve précisément une coupe qui traverse la vallée du fleuve dans le lieu qui nous occupe ; c'est celle qui s'étend de la pointe de l'île de la Cité au Mont-Valérien.

La couche imperméable, qui forme le fond de la cuvette de la vallée, se rencontre à la cote d'altitude de 20 mètres ; elle est horizontale dans toute la largeur de la vallée et se relève brusquement de chaque côté à la naissance des coteaux.

La largeur de la vallée, non compris le fleuve, est d'environ 710 mètres. Le plan d'eau du bief étant à la cote 26^{m}03, la section libre pour les écoulements souterrains sera représentée par :

$$710 \times (26^m03 - 20^m) = 4,281^{m2}.$$

La section libre, laissée dans le sens de la longueur par les trois îles formant une chaussée de 5 kilomètres, se trouvera également représentée par :

$$5,000 \times (26,03 - 20) = 30,150^{m2},$$

ce qui donne pour les deux sections d'écoulements souterrains, 34,431^{m2}.

En divisant le débit d'étiage du fleuve par 34,431^{m2}, on obtient la puissance moyenne des écoulements souterrains par mètre superficiel de section au-dessous des eaux, soit :

$$\frac{43}{34.431} = 0^{m3}001,248.$$

Comme on le voit, il est facile d'expliquer par les calculs comment les alluvions peuvent écouler par infiltration le débit du fleuve, puisque la totalité de ce débit ne représente que 1^{litre}248 par mètre carré de section laissée libre pour les écoulements souterrains.

Si nous faisions part de ces résultats à un fabricant de filtres, il est bien certain que nous ne lui causerions aucun étonnement; mais les fabricants de filtres ne comptent pas dans notre société comme des hommes de science et personne encore n'a songé à les appeler pour faire partie des commissions qui ont à délibérer sur la destinée de notre navigation fluviale.

En se reportant à la puissance d'absorption des terrains qui garnissent la cuvette de la vallée dans le bief de Suresnes, on arrive à comprendre sans effort comment le système de canalisation par barrages mobiles, tel qu'il est pratiqué sur la basse Seine, doit inévitablement être une cause permanente de déception pour la navigation. C'est un engin dont on a exagéré la portée, parce qu'on n'en a étudié le fonctionnement que dans la rivière superficielle et qu'on a fait abstraction des perturbations produites dans le régime de la rivière souterraine. Cette exagération des services que peuvent rendre les barrages mobiles est la cause principale des déceptions du passé, et ce sera à plus forte raison la cause des déceptions que nous réserve l'avenir après la nouvelle dépense de 32,000,000 de francs.

Si nous avons insisté outre mesure sur la nécessité de tenir compte des écoulements souterrains, c'est qu'elle est commune à tous les systèmes qui ont été adoptés pour l'amélioration de nos fleuves; sans nous en apercevoir, c'est grâce à la méconnaissance des propriétés caractéristiques des alluvions garnissant la cuvette des vallées, que nous donnons aux générations qui se succèdent le spectacle de l'œuvre des Danaïdes. Nous cherchons à remplir un tonneau qui n'a pas de fond, au lieu de commencer par mettre un fond au tonneau que nous voulons remplir. Si nous ne nous arrêtons pas dans cette voie, que la nation, avant d'aborder le grand programme des travaux publics qu'elle a accepté avec bonheur, s'apprête à suer beaucoup d'argent, car il sera beaucoup plus facile d'épuiser ses milliards que de changer les lois de la physique.

CHAPITRE IV

Suite de la discussion du système de canalisation par barrages mobiles. —
Dimensions des écluses de la basse Seine. — Le débit d'étiage suffit aux
éclusées, quelle que soit l'activité de la navigation. — L'engin de canalisation paralyse la voie fluviale. — Il favorise en outre la formation des
bancs de sables. — En arrêtant les écoulements souterrains, on pourrait
remédier à l'impuissance des barrages mobiles et à l'augmentation des
bancs de sables. — Examen de la qualité négative des barrages mobiles
de pouvoir disparaître pendant les crues. — Cette qualité laisse le fleuve
aux prises avec les remaniements de fond produits par les eaux courantes. — Elle devient un défaut si l'on découvre un mode de propagation
de l'eau aussi rapide et moins destructeur que l'écoulement naturel. —
Transport de l'eau par le mécanisme de l'ondulation. — Ondes, vagues,
mascaret, marée. — Les eaux courantes dégradent les thalwegs. — La
marche de l'eau par ondulation est inoffensive même sur les terrains les
moins résistants. — Expériences de MM. Darcy et Bazin, au sujet de la
vitesse de la propagation des ondes solitaires et continues. — Extrait du
rapport de M. le général Morin, concernant les travaux de MM. Darcy
et Bazin.

Les écluses qui sont accolées aux barrages de la basse
Seine et qui desservent les biefs, ont des dimensions considérables et uniformes. Elles ont de 135 à 140 mètres de
longueur totale, 120 mètres de longueur utile et 12 mètres
de largeur de sas. On appelle éclusée la quantité d'eau nécessaire pour le passage d'un bateau à travers l'écluse. Une
éclusée a pour mesure la section horizontale du sas de l'é-
cluse multipliée par la chute, plus ou moins le volume d'eau

4

déplacé par le bateau, suivant que ce dernier monte dans le
bief supérieur ou descend dans le bief inférieur. La chute
moyenne des biefs de la basse Seine, étant de 3 mètres de
hauteur, on peut évaluer la dépense d'eau pour franchir une
écluse à

$$120 \times 12 \times 3 = 4{,}320^{m3}.$$

Cette dépense équivaut au volume d'eau que fournirait
à Paris le débit d'étiage de la Seine pendant 100 secondes,
c'est-à-dire pendant 1 minute $^2/_3$. Comme il faut beaucoup
plus que ce temps pour manœuvrer les portes de l'écluse et
faire passer les bateaux, il s'ensuit que l'on doit considérer
le débit minimum de la Seine comme suffisant amplement à
tous les besoins de la navigation.

Puisque nous avons assez d'eau à Paris pour la navigation
pendant les sécheresses et que, suivant les ingénieurs les
plus éminents, le fleuve se prête merveilleusement entre
Paris et Rouen à tous les travaux que l'on voudra entre-
prendre pour améliorer son régime, il paraît logique de
penser que si la capitale n'est pas encore en possession de
la grande voie navigable qu'elle ambitionne depuis si
longtemps, c'est qu'on n'a pas appliqué à la Seine un système
de canalisation efficace.

Les causes principales qui entravent la navigation de la
basse Seine sont, d'une part, l'instabilité et l'insuffisance du
mouillage pendant les sécheresses, malgré l'abondance

absolue du débit d'étiage, et d'autre part l'encombrement de la passe navigable par les bancs de sables et de graviers.

Les barrages mobiles, comme nous l'avons vu dans le chapitre précédent, dérivent les eaux de la rivière superficielle pour les faire passer dans la rivière souterraine ; c'est là la cause qui les empêche de soutenir pendant l'étiage le niveau réglementaire des biefs et qui amène l'instabilité et la pénurie des eaux affectées à la navigation.

Les barrages mobiles ont encore un autre inconvénient : ils sont une cause de dégradation pour les terrains de la vallée et une cause d'atterrissement pour le fleuve.

Les eaux que la pression chasse du bief se dispersent dans les alluvions par mille conduits divers ; elles peuvent cheminer pendant plus ou moins de temps à côté ou sous la rivière, soit en suivant des couches plus ou moins perméables, soit en suivant les parois mêmes de la cuvette de la vallée ; mais elles ont généralement une tendance à revenir dans le thalweg, qui est comme une tranchée qui les appelle. Les eaux tendront donc à quitter les biefs supérieurs et à revenir dans les biefs inférieurs, après avoir traversé les alluvions les plus proches ou les plus perméables.

Les géologues qui se sont occupés de la formation des sources, c'est-à-dire du cheminement souterrain des eaux, savent combien est grande la puissance d'érosion des eaux souterraines ; ces dernières enlèvent aux terrains qu'elles

traversent tout ce que leur vitesse et leur volume leur permettent de charrier ; elles forment quelquefois de véritables
rivières dans les entrailles de la terre et peuvent en
dégradant les assises d'une montagne provoquer son
éboulement. Dans les thalwegs les eaux souterraines
peuvent ruiner les fondations des piles et des culées des
ponts, et renverser les murailles des quais ; dans les vallées,
elles s'attaquent aux édifices construits sur leur chemin,
affouillent le sol qui les soutient et amènent leur écroule-
ment ; par leur passage incessant à travers les alluvions,
elles déchaussent les pierres, les galets, les graviers et les
sables, produisent des excavations à l'intérieur et des affais-
sements à la surface. Ce travail souterrain ne se fait pas
sans enlèvement de matière ; l'eau, dans cette circonstance,
est à la fois un agent de démolition et un agent de transport,
et c'est elle qui en traversant les terres de la vallée apporte au fleuve la plus grande partie des atterrissements qui
encombrent son lit.

Pour se rendre compte de la masse de sables ou graviers
que les eaux souterraines peuvent entraîner avec elles, il
suffit de faire un puits dans le voisinage du fleuve et de
soumettre ce puits à un épuisement énergique ; les sables
apparaîtront avec l'eau et deviendront bientôt tellement
abondants, qu'on sera obligé de les enlever pour conserver
au puits sa profondeur, et tant que l'épuisement durera, ils
continueront à affluer, si bien qu'au bout de quelque temps,

ils représenteront un volume de déblais plus considérable que le puits lui-même.

Ce phénomène de la production des sables est très connu des personnes qui se sont occupées de travaux hydrauliques, et donne lieu souvent aux incidents les plus inattendus; il explique, par exemple, comment en se livrant à un travail d'épuisement, on peut quelquefois provoquer l'éboulement d'un édifice situé à plusieurs centaines de mètres des travaux et se causer la surprise désagréable d'un gros procès en responsabilité à mettre au chapitre de l'à valoir pour imprévus.

Il n'est donc pas douteux que le système de canalisation par barrages mobiles, tel qu'il est pratiqué sur la basse Seine, est une cause d'atterrissement et d'encombrement pour le fleuve, par cela seul qu'en augmentant la pression de l'eau dans les biefs, il multiplie et rend plus énergiques les écoulements souterrains d'un bief à l'autre.

Il n'est pas douteux non plus que le système ne peut produire d'effets durables, par cela seul qu'il laisse un chemin libre aux écoulements souterrains. Sous l'influence de leur travail incessant, les eaux qui cheminent à travers les alluvions tendent à augmenter les dimensions de leurs conduits, c'est-à-dire la porosité du terrain; d'où il suit que si un barrage mobile peut soutenir pendant un certain temps un relèvement d'eau déterminé, il faut bien se garder de conclure qu'il devra toujours produire le même effet; la puissance du barrage, au contraire, ira en s'affaiblissant avec le temps.

Comme on le voit, le système de canalisation pratiqué sur la basse Seine a de bien graves inconvénients : il est incapable de soutenir les relèvements d'eau nécessaires à une navigation de fort tonnage, il augmente les atterrissements dans le fleuve et ses effets vont en s'affaiblissant avec le temps.

Ce triple inconvénient a pour cause unique le principe même sur lequel repose tout l'ensemble du système, ou plutôt une lacune dans la conception du système. On a pris des dispositions savantes pour asservir aux besoins de la navigation les eaux qui coulent dans la rivière apparente, et on n'a pas songé un seul instant que les eaux pouvaient déserter la rivière et rendre vaines toutes ces belles dispositions par leur fuite à travers les parois des biefs.

On pourrait porter remède à l'impuissance du système de canalisation par barrages mobiles en comblant la lacune qu'il renferme, c'est-à-dire en le complétant par des ouvrages ayant comme objectif d'arrêter les écoulements souterrains et de forcer toutes les eaux de la vallée à refluer dans la rivière superficielle; mais pour cela il faudrait admettre comme un principe fondamental, qu'on ne maîtrise pas les eaux qui coulent sur un crible en faisant seulement des travaux à la surface.

Ce serait le renversement de toutes les idées actuelles qui

ont cours en matière de canalisation fluviale. Il faudrait, par exemple, renoncer aux dérivations pour l'établissement des barrages et construire ces derniers en droite ligne d'une rive à l'autre, en appuyant le barrage d'un côté sur le bajoyer d'eau de l'écluse et de l'autre sur une culée de rive.

On éviterait, par cette première modification, les infiltrations à travers les longues chaussées, formées par la réunion des îles, qui séparent les plans d'eau des biefs.

De plus, pour supprimer les pertes résultant du passage de l'eau à travers le massif qui soutient le radier du barrage, il faudrait asseoir ce radier sur de puissantes fondations en maçonnerie étanche pénétrant jusqu'au sol imperméable de la vallée et non pas sur des encoffrements remplis de pierres sèches, livrant passage à l'eau, afin de combattre les contre-pressions sous le glacis du radier.

En prenant ces précautions pour la construction des barrages, on se rendrait maître des écoulements souterrains dans le thalweg ; il ne resterait plus qu'à arrêter ceux qui cheminent à travers les alluvions de la vallée.

Pour obtenir ce deuxième résultat, il faudrait ouvrir dans la vallée, de chaque côté du fleuve et sur le prolongement du barrage, une tranchée fouillée jusqu'au sol imperméable et s'étendant de la culée de rive ou du bajoyer de terre au coteau ; on remplirait cette tranchée jusqu'au niveau du relèvement d'eau avec du béton étanche ou de l'argile comprimée, et on établirait ainsi un barrage en infrastructure qui arrêterait complètement la marche des eaux à travers les alluvions et les ferait refluer dans la rivière superficielle *(Voir* pl. II et II *ter)*.

Mais pour établir économiquement ces sortes de barrages, il faudrait encore admettre comme principe qu'on doit barrer le fleuve sur les points où la vallée a le moins de largeur, et considérer comme une hérésie la construction d'un barrage dans une plaine d'alluvions de cinq kilomètres de largeur, comme celui de Poses, par exemple.

En construisant les barrages mobiles suivant ces principes nouveaux et en les complétant dans la vallée par des barrages en infrastructure, on pourrait maîtriser avec certitude les eaux de la basse Seine et obtenir en tout temps les relèvements d'eau nécessaires à la navigation.

A la rigueur, on pourrait donc maintenir sur la basse Seine le système de canalisation par barrages mobiles, mais à charge de le transformer et de refaire tous les ouvrages.

Nous avons maintenant à examiner la fameuse propriété qu'ont les barrages mobiles de pouvoir disparaître pendant les crues, en laissant au fleuve un libre cours.

Cette propriété des barrages mobiles de pouvoir disparaître pendant les intumescences, est une qualité essentiellement négative et elle peut devenir un défaut, s'il est vrai qu'il existe un autre mode de canalisation beaucoup moins compliqué qui permettrait au fleuve, sans le secours d'aucune manœuvre dans les appareils, de débiter pendant les crues autant et même plus d'eau que s'il coulait naturellement, et qui améliorerait son régime au point de vue des remaniements de fond.

Les eaux courantes cheminent dans les rivières en vertu de la pente de ces dernières; plus cette pente est rapide, plus la vitesse des eaux est grande lorsque le périmètre mouillé reste le même.

Pendant les crues, le périmètre mouillé est relativement moins développé que pendant l'étiage, c'est-à-dire que pour un volume d'eau déterminé les parties frottantes, les parties en contact avec le sol, sont moins considérables. Il en résulte que la vitesse de l'eau est plus grande pendant les intumescences que pendant les pénuries.

Les eaux courantes produisent des érosions sur le sol, et elles n'ont pas besoin d'une grande vitesse pour dégrader les thalwegs : avec des vitesses de 0^m076, 0^m152, 0^m305, 0^m609, 0^m914, 1^m220, 1^m520, 1^m830 et 3^m050 par seconde, elles entraînent, roulent ou entament les terres limoneuses, les argiles tendres, les sables, les graviers, les cailloux, les pierres anguleuses et silex, les cailloux agglomérés et les schistes tendres, les roches en couche, et enfin les roches dures.

Sous l'influence d'une crue de $1,200^{m3}$ à la seconde, à Paris, les eaux de la Seine prennent une vitesse d'environ 1^m220 en moyenne, qui leur permet d'entraîner, non seulement des sables, des graviers et des cailloux, mais encore des pierres anguleuses et des silex.

La vitesse des eaux courantes n'est jamais constante; elle subit mille modifications diverses qui proviennent de la forme du fond et des rives, des obstacles que rencontrent les veines d'écoulement, de la variation de la profondeur des eaux, des réactions de toute nature éprouvées par les filets liquides, etc., de telle sorte que si l'on considère la section transversale d'un fleuve sur un point déterminé, on peut y trouver toutes sortes de vitesses, depuis le maximum jusqu'à zéro.

Les matériaux charriés par le fleuve se déposent aux endroits où les vitesses sont moindres, aux endroits où il y a des calmes. C'est par les différences de vitesses qu'on peut expliquer comment, dans le voisinage des barrages et des écluses de la basse Seine qui sont des lieux relativement à l'abri des courants, il se forme constamment des accumulations de sables et de graviers qui nécessitent après chaque crue d'énergiques dragages pour déblayer le chenal de navigation.

Ce phénomène se produit sous nos yeux à Paris, devant l'écluse de la Monnaie. Le courant est violent dans le bras droit du fleuve qui n'est pas barré; il est beaucoup plus faible au pied du barrage accolé à l'écluse du deuxième bras, et il est nul devant l'écluse, c'est-à-dire dans le chenal même de navigation. Cette dernière partie est disposée de manière à servir de champ de dépôt pour les matières charriées par les courants voisins; après chaque crue, on est obligé de faire fonctionner la drague pour dégager la passe. Il nous est facile de nous rendre compte de l'importance et de la nature des matières que les eaux déposent ainsi : généralement après les avoir extraites on les amoncelle sur le quai le plus voisin, et c'est là qu'on en opère la division en sables, graviers et galets, au moyen de cribles.

Comme on le voit, la qualité négative des barrages mobiles de ne pas troubler le régime du fleuve pendant les crues, n'est pas en rapport avec l'enthousiasme qu'elle a excité.

La marche de l'eau par glissement sur le sol, c'est-à-dire la marche en vertu de la pente du profil, est tellement générale dans les rivières, que nous concevons difficilement que l'eau puisse cheminer autrement. Cependant le plan incliné qui résulte de la pente du profil n'est pas toujours un organe nécessaire pour la propagation de l'eau d'un point à un autre, et il est possible de citer de nombreux exemples à l'appui de cette dernière assertion.

La Seine, dans sa partie maritime, c'est-à-dire depuis son embouchure jusqu'à Rouen, est soumise à l'influence du flux et du reflux de la mer. A marée descendante, on peut admettre que la pente du thalweg exerce une certaine influence pour le transport de l'eau de Rouen à la mer; mais à marée montante, le courant étant renversé et dans le sens contraire à la pente, il est bien évident que le plan incliné qui, dans ce cas, est au rebours de la marche, ne peut pas servir d'organe pour la propagation de l'eau du Havre à Rouen.

Il en est de même pour l'eau qui afflue sur les côtes de l'Océan et de la Manche. Nous voyons des plages immenses, légèrement inclinées vers la mer et qui, à marée montante, se recouvrent avec une rapidité effrayante, sans qu'il soit possible d'attribuer la propagation de l'eau à la pente du sol qui est dans un sens opposé à l'arrivée de l'eau.

A coup sûr l'eau, dans ces deux cas, n'a pas la même allure que lorsqu'elle chemine en vertu de la pente des thalwegs; elle ne produit aucun affouillement, même sur les sables les plus fins et les terrains vaseux, et les corps qui flottent à la surface de la nappe d'eau qui se précipite, restent à peu près en place et n'ont qu'un mouvement insensible dans le sens de la marche.

Si, dans de semblables circonstances, le flot se conduisait comme les eaux courantes, il devrait entraîner les corps flottants avec une vitesse égale à celle qui l'anime, et aucun terrain ne pourrait résister à son action destructive. La vitesse de la marée est excessive et bien autrement considérable que celle des eaux courantes; la propagation de la pleine mer, du Havre à Rouen, a lieu à raison de 26 kilomètres à l'heure, soit 7^m22 à la seconde.

Nous avons vu ci-dessus qu'à la vitesse de 3^m05 l'eau

courante commence à entamer les roches dures, et cependant le sol de la Seine qui dans cette partie n'a aucune espèce de consistance, reste intact et ne subit aucune dégradation, même sous l'influence du mascaret.

Il existe donc pour l'eau un mode particulier de propagation qui n'a aucune espèce d'analogie avec l'allure des eaux courantes, et comme il n'exerce aucune action destructive sur le sol, il est bien évident qu'on réaliserait un grand progrès au point de vue de la conservation des voies navigables, si l'on pouvait l'appliquer aux fleuves canalisés. Nous allons voir que l'on peut obtenir ce dernier résultat avec la plus grande facilité, en modifiant notre système de canalisation.

Si nous placions les uns à la suite des autres et par échelons un certain nombre de vases ou bassins se déversant les uns dans les autres, comme par exemple, la grande cascade du palais du Trocadéro pendant l'Exposition universelle, au moyen d'un orifice en déversoir égal et n'occupant dans le sens de la hauteur qu'une partie minime de la section transversale, nous comprendrions très bien qu'en versant par écoulement constant dans le bassin supérieur une certaine quantité d'eau, ce bassin une fois rempli déborderait dans le suivant au moyen de son déversoir, et qu'il en serait de même de chacun des bassins; de telle sorte qu'au bout d'un certain temps, chaque déversoir fournirait exactement la même quantité d'eau, et qu'on pourrait produire par ce système un écoulement d'un point à un autre, aussi bien qu'avec une conduite d'eau ordinaire.

Si à ces vases ou bassins de forme quelconque on substitue des bassins de forme très allongée et plus grands, les biefs d'un canal, par exemple, se déversant les uns dans les autres au moyen d'un orifice en déversoir de dimension réduite, couronnant le barrage accolé à l'écluse, et qu'on établisse un écoulement constant dans le bief supérieur, on ne fera que reproduire, sur une échelle plus grande et surtout plus allongée la première disposition, et on aura également créé un organe d'écoulement pour conduire l'eau d'un point à un autre.

Si aux biefs du canal nous substituons les biefs de la basse Seine canalisée au moyen de barrages fixes, se déversant les uns dans les autres par des orifices en déversoirs, de dimensions restreintes dans le sens de la hauteur, couronnant les barrages, nous ne ferons encore que reproduire la même disposition sur une échelle plus grande, et nous aurons créé un organe d'écoulement pour conduire l'eau de la Seine de Paris à Rouen.

Dans ces trois exemples il est bien évident que le transport de l'eau n'aura pas lieu par l'action du plan incliné, puisque dans le premier exemple, il n'y a pas de plan incliné et que dans les deux derniers les barrages annulent la pente, en forçant l'eau à surmonter la totalité du plan incliné, avant de commencer à se déverser d'un bief dans l'autre.

On peut donc, en canalisant les rivières, remplacer leur écoulement naturel par un mode de propagation d'eau qui a son caractère propre et dont l'allure ne ressemble en rien à celle des eaux courantes. Ce mode particulier n'est pas autre chose que la propagation de l'eau par le mécanisme de l'ondulation ; il est commun au flot qui remonte l'estuaire d'un fleuve ou recouvre les plages de la mer, au raz de marée, au mascaret, à la vague et à la plus légère ondulation qui ride la surface de l'eau.

Les molécules de l'eau sont essentiellement mobiles ; il est impossible de toucher à l'une d'elles, sans qu'elle-même ne transmette de proche en proche l'impulsion reçue. Lorsqu'on laisse tomber une pierre dans l'eau, la surface s'affaisse à l'endroit de la chute, et l'affaissement est suivi immédiatement d'un relèvement qui produit sur le liquide plusieurs ondes circulaires lesquelles vont en s'élargissant et se propagent à des distances considérables ; il a suffi de ce léger choc pour mettre en mouvement toutes les molécules de la masse liquide.

L'onde est le produit de l'abaissement et du relèvement successif des molécules, et il suffit du contact d'un corps, tel que l'huile par exemple, qui enlève à la molécule de l'eau sa mobilité primitive, pour arrêter la propagation de l'onde.

L'onde paraît courir sur la surface de l'eau, mais il n'en est rien ; elle n'est pas susceptible d'un transport sensible dans le sens de son mouvement apparent. Elle ne subit que

des mouvements dans le sens vertical et c'est la succession
de ces mouvements qui sont plus rapides que la pensée, qui
donne l'apparence de la marche à l'onde qui a disparu et
formé une onde nouvelle au moment où nous croyons l'apercevoir encore. Ce qui prouve bien que l'onde ne court pas à
la surface, c'est qu'elle n'est pas susceptible de transporter
avec elle les flotteurs qu'elle rencontre ; elle leur imprime
une oscillation et les laisse sensiblement à la même place,
tandis qu'elle-même semble courir.

Si l'on voulait représenter graphiquement la marche des
eaux coürantes et celle des ondes, on devrait représenter
la première par un faisceau de lignes horizontales et la
deuxième par une succession de lignes verticales.

Le transport de l'eau par le mouvement ondulatoire
n'est pas une nouveauté pour la science, mais les études qui
ont été faites pour en découvrir les lois ne sont pas sorties
du domaine spéculatif ; cependant les nombreuses expériences auxquelles on s'est livré à cette occasion étaient
bien propres à ouvrir les yeux, car elles contenaient en
germe la solution des problèmes les plus importants de notre
régime hydraulique.

Voici comment MM. Darcy et Bazin, auteurs d'un ouvrage remarquable intitulé : *Recherches expérimentales
sur la propagation des ondes,* ont procédé pour se rendre
compte de la marche des eaux par ondulation :

Dans l'une des rigoles alimentaires du bief de partage du

canal de Bourgogne, ils ont établi des barrages de manière à former plusieurs biefs se déversant l'un dans l'autre, au moyen d'un déversoir couronnant la partie supérieure de chaque barrage. Le barrage occupait toute la largeur de la rigole et le déversoir occupait lui-même toute la largeur du barrage, à une distance du fond suffisante pour ne représenter qu'une portion réduite de la section du canal; la hauteur des barrages rachetait et dépassait la totalité de la pente des biefs.

Un volume d'eau très limité a été introduit brusquement dans le bief supérieur et a produit, après une perturbation passagère, une onde isolée ou solitaire qui s'est avancée parallèlement à la section transversale du bief, en conservant des formes très précises jusqu'à son extrémité. Après une série d'expériences très nombreuses, il a été trouvé que la vitesse de propagation de cette onde était exprimée par la formule :

$$V = \sqrt{g(H + h)}$$

dans laquelle $g = 9^m 8088$ représente la vitesse des graves à la fin de la première seconde de leur chute, H la hauteur de l'eau dans le canal et h la hauteur de l'onde.

Après les expériences portant sur le régime et la vitesse de propagation de l'onde solitaire, MM. Darcy et Bazin ont imaginé d'étudier le régime et la vitesse de propagation d'un remous; ils appelaient *remous* l'élévation produite

5

dans une eau en repos par un écoulement constant. L'écoulement constant a été produit par un déversoir faisant tomber sa nappe d'eau sur l'eau du bief suivant dont le platfond, comme nous l'avons dit ci-dessus, était légèrement en pente ; le bief était muni d'un barrage déversoir à l'aval, beaucoup plus élevé que la totalité de cette pente.

Cette disposition a été prise pour étudier le régime du remous, dans l'un et l'autre sens de la pente du bief.

Voici les circonstances principales du phénomène observé, telles que les relate le rapport fait à l'Académie des sciences par M. le général Morin, sur les expériences de MM. Darcy et Bazin :

« Sous l'influence de l'écoulement permanent, l'onde
» s'allonge indéfiniment et prend l'aspect d'une couche
» liquide qui s'avance progressivement sur la surface de
» l'eau en repos.

» En tête du remous se produit une vague supérieure de
» moitié environ à celle du plan d'eau qui la suit ; en avant
» de la première onde, on n'observe aucun signe précurseur
» de son arrivée ; en arrière, l'eau est animée d'une cer-
» taine vitesse dans le sens du mouvement de propa-
» gation.

» Lorsque la profondeur est considérable, la première
» onde a une forme régulière et allongée ; si la profondeur
» vient à diminuer, elle devient plus courte, plus aiguë au
» sommet, s'incline en avant et offre une tendance au dé-

» ferlement qui se produit enfin lorsque la profondeur cesse
» de dépasser la hauteur de la vague.

» La vitesse de propagation est encore donnée par la
» formule :

$$V = \sqrt{g\,(H + h)}$$

» h étant la hauteur au-dessus du plan d'eau primitif de
» la vague qui marche en tête du remous ; néanmoins,
» quand le déferlement a lieu, la formule donne des vitesses
» trop faibles.

» On peut se rendre compte du déferlement de la manière
» suivante : à mesure que la profondeur diminue, la vitesse
» de propagation diminue elle-même ; elle finit par devenir
» insuffisante pour que le débit restant constant, la masse
» d'eau affluente trouve place derrière l'onde qui marche
» en tête du remous ; cette dernière se surélève et se dé-
» forme, sa base s'amoindrit, sa crête devient plus aiguë
» et s'élève ; or, nous avons vu qu'une onde ne peut se
» maintenir qu'autant que sa hauteur est inférieure à la
» hauteur de l'eau dans laquelle elle se propage ; elle se
» brise donc enfin et se résout à une barre d'écume poussée
» en avant par la masse d'eau qui suit.

» M. Bazin montre ensuite que ce phénomène devient
» imminent, lorsque la vitesse U du courant, capable de
» produire le débit q sur l'unité de largeur et sur la pro-

» fondeur H du canal, dépasse la vitesse d'un corps pesant
» tombant d'une hauteur égale à cette profondeur.

» Il reste à déterminer la vitesse V que prend le remous
» pour un débit q dans un canal renfermant de l'eau
» stagnante d'une profondeur H, cette vitesse étant
» $V = \sqrt{g(H+h)}$, il s'agit d'exprimer h hauteur de la
» vague qui marche en tête du remous en fonction du débit.

» En prenant $\frac{3}{2}$ pour rapport entre la hauteur de la
» première vague et la hauteur du plan d'eau qui la suit
» que lui donne l'expérience avec une exactitude suffisante,
» M. Bazin montre également que cette vitesse peut être
» exprimée par la formule suivante :

$$V = \sqrt{g\,H} + \frac{3}{5}\,U$$

» Dans laquelle U représente la vitesse qui s'établirait dans
» le canal, s'il débitait le volume q avec la hauteur H. »

Nous avons tenu à citer textuellement cette partie du
rapport fait à l'Académie des sciences par M. le général
Morin, parce que l'autorité de ce dernier viendra s'ajouter
à celle de MM. Darcy et Bazin, lorsque nous nous servirons
des formules indiquées ci-dessus pour établir que les barrages
déversoirs fixes, convenablement disposés, ne sont pas une
entrave pour l'écoulement de l'eau dans les rivières pendant
les crues; qu'au contraire, ils le facilitent et augmentent la
puissance du débit.

CHAPITRE V

Dans les chapitres précédents, nous avons décrit la vallée de la basse Seine, et constaté que les ingénieurs les plus éminents reconnaissent au fleuve des qualités exceptionnelles qui lui permettent de recevoir toutes les améliorations qu'on voudra apporter à son régime. Nous avons beaucoup insisté sur la nature essentiellement perméable des alluvions qui garnissent la cuvette de la vallée, afin de faire comprendre que l'écoulement des eaux se produit par deux voies bien distinctes, l'une qui est la rivière superficielle ou le canal à ciel ouvert et l'autre la rivière souterraine. Nous avons indiqué la superficie du bassin de la Seine et le volume des eaux que le fleuve débite à Paris en temps d'étiage et pendant les crues. Nous avons parlé des tentatives qui ont été faites pour améliorer la navigabilité de la basse Seine, et exposé le système de canalisation par barrages mobiles qui a été adopté pour donner successivement à la navigation des tirants d'eau réglementaires, de 1^{m}60 et 2 mètres, qu'on n'a pas pu obtenir, et finalement un tirant d'eau de 3 mètres qu'on n'obtiendra pas davantage. Pour bien faire comprendre les principes qui ont présidé à la construction des barrages mobiles, tels qu'ils sont pratiqués sur la basse Seine, nous avons décrit ceux de Suresnes et de Bougival qui sont les plus rapprochés de Paris et les plus caractéristiques ; nous avons montré qu'en construisant des barrages semblables, les ingénieurs ne se sont jamais préoccupés des écoulements par infiltrations et qu'ils sont arrivés à ce singulier résultat, que pendant l'étiage tout le débit du fleuve passe de la rivière superficielle dans la rivière souterraine, et que les barrages ne peuvent pas maintenir les relèvements d'eau réglementaires, parce que le débit ne suffit plus pour alimenter les écoulements souterrains.

Afin qu'il n'y ait aucun doute sur l'impuissance du système, nous avons reporté le niveau du plan d'eau du bief de Suresnes à l'échelle du Pont-Royal, et nous avons constaté, en le montrant sur les tableaux du service hydrométrique de la Seine du 1er mai 1869 au 30 avril 1877, que ce niveau a été déserté un nombre de fois très considérable. Ensuite, pour ne pas laisser les esprits sous l'impression du phénomène étrange de la dispersion du débit de la Seine dans les alluvions de la vallée sans l'expliquer, nous avons mesuré les surfaces du bief directement en contact avec l'eau, ainsi que les sections souterraines d'écoulement, et nous avons constaté que l'absorption par seconde du fond et des rives était de moins d'un quart de décilitre (0l0215) par mètre carré de superficie, et que l'écoulement souterrain n'était que de 1 litre 248 par mètre carré de section, et que, dans de semblables conditions l'absorption du débit d'étiage n'avait absolument rien d'extraordinaire.

Après avoir établi que le système de canalisation de la basse Seine multipliait les écoulements souterrains, nous avons montré qu'il était une cause de dégradations pour les terres de la vallée, et qu'en favorisant la formation des bancs de sables et de graviers dans le fleuve, il était une cause d'encombrement pour le chenal navigable.

Après avoir signalé l'impuissance de l'engin de canalisation, nous avons indiqué le moyen qui paraît le plus naturel pour y remédier, et qui consiste à arrêter les écoulements souterrains, aussi bien dans le lit du fleuve que dans la vallée. Nous avons constaté qu'en faisant subir cette modification au système on obtiendrait avec certitude les relèvements d'eau nécessaires pour la navigation, mais que la basse Seine continuerait à rester aux prises avec toutes les perturbations produites par le régime des eaux courantes pendant les crues.

Nous avons abordé alors un autre ordre d'idées ; nous avons contesté aux barrages mobiles l'utilité de leur qualité négative de pouvoir disparaître en temps de crues afin de n'apporter aucun obstacle à l'écoulement des eaux, et nous avons fait entrevoir que cette propriété pourrait devenir un défaut si nous trouvions un autre mode de transmission d'eau plus énergique et moins perturbateur que l'écoulement naturel. Au transport de l'eau par la pente des rivières, nous avons opposé le transport de l'eau par le mécanisme de l'ondulation, et pour bien faire comprendre combien l'allure de ces deux régimes est différente, nous avons montré le flot remontant la Seine du Havre à Rouen avec une vitesse de 7^m22 à la seconde, en laissant intacts les terrains sans résistance sur lesquels il roule, tandis que l'eau courante entame les roches dures à la vitesse de 3^m05.

Enfin, nous avons parlé des expériences que MM. Darcy et Bazin ont faites pour découvrir les formules relatives à la vitesse de la propagation de l'eau par le mécanisme de l'on-dulation, et nous avons cité textuellement la partie du rapport fait à l'Académie des sciences par M. le général Morin, qui reproduit ces formules, afin de protéger par une auto-rité encore plus considérable le nouveau système de canalisation que nous allons opposer aux barrages mobiles, et qui n'est autre chose que la déduction et la mise en pratique des études de MM. Darcy et Bazin.

Comme on le voit, jusqu'ici nous n'avons fait que démolir et rassembler les matériaux ; il nous reste maintenant à accomplir la deuxième partie de notre tâche, c'est-à-dire à édifier et à faire surgir des richesses là où l'on n'apercevait que des dépenses.

La première condition pour pouvoir transformer la basse Seine en une grande voie de navigation, est de commencer par se rendre maître des eaux nécessaires au maintien d'un mouillage minimum permettant la circulation des bateaux de fort tonnage en tout temps, même pendant les plus grandes sécheresses.

En semblable matière, il faut absolument s'habituer à considérer l'eau comme on considère un rail de chemin de fer, et de même que sur la voie ferrée de Paris à Rouen on n'admettrait pas que les rails puissent faire défaut ou varier dans leur écartement, de même on ne doit pas admettre que la voie navigable puisse manquer d'eau ou avoir un mouillage moindre que le mouillage réglementaire.

La canalisation est le moyen le plus énergique que l'on emploie pour maintenir dans les fleuves et rivières l'eau qui est nécessaire à la navigation. Nous savons que la canalisation consiste à transformer les thalwegs en une série de biefs qui communiquent entre eux, soit au moyen des écluses lorsque les barrages mobiles sont complètement fermés, soit au moyen de pertuis ou passes pratiqués dans les barrages lorsque les eaux sont assez abondantes pour laisser à la rivière un libre cours par ces ouvertures plus ou moins restreintes.

La canalisation est complète ou incomplète, suivant que les relèvements d'eau s'étendent d'un barrage à l'autre ou laissent une partie d'un ou de plusieurs biefs en dehors de leur portée. La Seine, depuis l'établissement du barrage de de Portvillez, est actuellement canalisée d'une manière complète entre Paris et Martot, ce qui veut dire que la portée des relèvements d'eau s'étend d'un barrage à l'autre.

Le système de canalisation par barrages mobiles appliqué à la basse Seine, ne réunit pas les conditions nécessaires pour maîtriser les eaux d'une manière efficace, parce qu'en faisant exécuter les ouvrages, on a opéré comme si le lit du fleuve était taillé dans le roc ou dans un sol complètement imperméable; il ne peut donc produire que les effets d'une canalisation incomplète et laisser la navigation aux prises avec son grand ennemi, l'instabilité et l'insuffisance du mouillage pendant les sécheresses.

Lorsque dans un port à marée on veut créer un bassin sur lequel les navires puissent flotter en tout temps avec leur pleine charge, on commence par isoler, au moyen de murailles et de digues étanches, l'espace que doit occuper le bassin; on le creuse à la profondeur voulue et on ne lui laisse de communication avec le port que par une écluse qui permet de le soustraire aux variations de niveau des eaux extérieures.

Le bief d'un fleuve canalisé ne devrait pas être autre chose qu'un bassin de forme très allongée, permettant aux bateaux de flotter en tout temps avec le tirant d'eau réglementaire, et il est indispensable de prendre à son égard, pour le rendre capable de tenir l'eau, les mêmes précautions que l'on prend pour les ouvrages qui ont cette dernière destination. .

Lorsqu'on veut construire un réservoir dans la vallée d'un cours d'eau, comme celui du Furens, par exemple, qui sert à l'alimentation de la ville de Saint-Étienne (Loire), on choisit le point où la vallée présente le moins de largeur et le plus de solidité pour établir le barrage, et on arrive à emprisonner dans la vallée une masse d'eau de 50 mètres de hauteur. Les précautions sont si bien prises pour barrer le chemin des eaux souterraines, que malgré l'énormité de la pression aucune perte ne se produit par infiltration. .

Lorsqu'on veut créer un lac ou un étang sur une rivière non navigable, on choisit généralement un lieu d'étranglement pour établir la chaussée qui doit barrer la vallée et faire refluer les eaux jusqu'à la hauteur de la borne qui sert de repère pour le niveau de relèvement d'eau; pour le barrage on ne se contente pas seulement de jeter des remblais à la superficie, mais on fouille le sol jusqu'aux terrains imperméables pour y asseoir solidement la digue qui doit arrêter les eaux.

Le système de canalisation que nous proposons de substituer aux barrages mobiles, pour donner à la basse Seine un mouillage permettant la navigation à 4 mètres de tirant d'eau et plus si cela paraît désirable, n'a pas d'autres prétentions que de faire dans cette partie du fleuve ce que l'on fait partout ailleurs quand on veut se rendre maître de l'eau et l'asservir à ses besoins.

L'engin se compose de trois parties bien distinctes :

1° Une écluse établie sur l'une des rives du fleuve pour faire communiquer les biefs entre eux ;

2° Un barrage déversoir fixe en maçonnerie, accolé à l'écluse et barrant le thalweg d'une rive à l'autre en s'appuyant sur une culée de rive, afin de maintenir l'eau dans les biefs à la hauteur réglementaire ;

3° Un barrage en infrastructure, se prolongeant de chaque côté de la rive au coteau et fouillé jusqu'au sol imperméable, pour interrompre dans la vallée les écoulements d'eau par voies souterraines (*Voir* pl. II).

Tous ces ouvrages sont fixes et affectent le régime du fleuve d'une manière permanente. Le barrage déversoir en maçonnerie ne peut pas disparaître à volonté comme les barrages mobiles, et l'eau est toujours obligée de s'élever au-dessus de l'arête du déversoir, pour tomber du bief supérieur dans le bief inférieur, aussi bien pendant l'étiage que pendant les crues. Le barrage déversoir est bien réellement une muraille construite à demeure pour obstruer le passage de l'eau dans le thalweg jusqu'à la hauteur du niveau réglementaire ; mais que les riverains de la basse Seine ne se hâtent pas de prendre frayeur : cette muraille est inoffensive pendant les fortes crues, elle n'apporte aucun obstacle à leur écoulement ; au contraire, en interrompant dans la marche de l'eau une allure mauvaise pour lui substituer une allure plus légère et plus énergique, elle augmente la faculté de débit pendant les intumescences.

Rien n'est moins compliqué que le système de la canalisation par barrages déversoirs fixes ; à l'exception des écluses, les ouvrages sont d'une grossièreté primitive et le fleuve règle lui-même le niveau de ses eaux au-dessus du mouillage réglementaire.

L'établissement des biefs se fait exactement comme si l'on voulait transformer le thalweg en une série de lacs ou étangs se déversant les uns dans les autres ; on prend les mêmes précautions pour rendre les barrages étanches. La hauteur des berges et des terres riveraines détermine le niveau maximum que les barrages doivent avoir pour ne pas causer de dommages à la vallée ; de même qu'on ne doit pas inonder les voisins quand on établit la chaussée d'un étang, de même la canalisation doit, autant que l'intérêt public le comporte, se renfermer dans les limites disponibles du lit du fleuve.

Comme nous l'avons vu, la basse Seine par la hauteur de ses berges se prête merveilleusement à la canalisation et permet de donner aux déversoirs des barrages une élévation suffisante pour racheter la totalité de sa pente et gagner la plus grande partie du mouillage réglementaire, sans multiplier les biefs outre mesure et sans abuser des dragages.

Pour établir les biefs, on devrait d'abord construire l'écluse sur la rive la plus favorable; ensuite on construirait le barrage à travers le thalweg d'une rive à l'autre, en l'appuyant d'un côté au bajoyer d'eau de l'écluse et de l'autre à une culée de rive.

Le barrage serait formé par une muraille édifiée sur de puissantes fondations, et couronné par un déversoir comprenant toute sa longueur entre le bajoyer et la culée; sa hauteur serait celle nécessaire pour obtenir dans le bief le mouillage réglementaire, lorsque le niveau de l'eau affleure le déversoir.

Après l'établissement du barrage déversoir dans le thalweg, on devrait faire les barrages complémentaires arrêtant les écoulements à travers les alluvions de la vallée et s'appuyant, comme nous l'avons déjà dit, sur le bajoyer de terre ou la culée de rive et sur les coteaux.

La vallée et le thalweg étant ainsi barrés à chaque bief jusqu'à la hauteur du relèvement d'eau réglementaire, il est bien évident qu'on pourra obtenir avec certitude le mouillage que comportera le niveau de l'eau, et que permettront la profondeur du bief et les facilités qu'on aura pour le creuser.

Il en sera pour les biefs comme pour les bassins maritimes ou les étangs ; ce sont le niveau de l'eau de la retenue et la profondeur du sol qui déterminent le mouillage.

Nous aurons donc établi par ce nouveau système de canalisation une voie navigable, dont nous serons absolument maîtres, et que le temps nous permettra d'améliorer à notre convenance, comme il permet d'améliorer le mouillage d'un bassin ou d'un lac, en joignant les effets du travail de l'année présente à ceux des travaux des années précédentes.

La Seine ayant une pente d'environ 0^m10 par kilomètre entre Paris et Rouen, chaque bief devra être plus profond à l'aval qu'à l'amont, et les barrages auront comme résultat inévitable de diminuer la hauteur au-dessus de l'eau des berges d'aval. Si donc, après le relèvement des plans d'eau des biefs, on trouve que la hauteur des berges d'aval n'est plus suffisante pour contenir les intumescences, on devra recourir à l'endiguement et porter ces berges au niveau convenable pour mettre la vallée à l'abri des débordements. En conséquence, le couronnement des bajoyers de l'écluse, de la culée de rive et des berges devra être élevé au-dessus du plan d'eau réglementaire d'étiage de la quantité voulue pour que chaque bief puisse contenir toutes les variations de niveau que comportera le nouveau régime du fleuve.

Les barrages déversoirs qui, dans notre système de canalisation, remplissent le même rôle que les chaussées d'étang, devraient être construits aux endroits les plus propices pour interrompre l'écoulement des eaux, aussi bien dans le thalweg que dans la vallée; ils devraient donc, autant que possible, être établis sur les points de la vallée qui présenteront un étranglement et des coteaux bien dessinés, afin de pouvoir embrasser le fond de la vallée avec plus de facilité.

Pour la répartition des biefs sur le parcours du fleuve, les barrages déversoirs sont soumis aux mêmes principes que les barrages mobiles. L'objectif de la canalisation étant de racheter la pente du thalweg et de relever le plan d'eau de chaque bief dans la limite que comporte la hauteur des rives, il est bien évident que la longueur des biefs ne peut être arbitraire; toutefois, comme on peut faire varier la chute d'un bief à l'autre, il sera toujours possible, soit en augmentant, soit en diminuant la chute, de faire varier la longueur des biefs de manière à éviter les difficultés locales de construction ou à faire concorder la distribution avec les travaux anciens que l'on voudra conserver.

Ceci étant exposé, nous allons suivre bief par bief, entre Paris et Rouen, la canalisation par barrages déversoirs fixes, telle que nous la comprenons pour donner au fleuve un mouillage permettant de naviguer en tout temps avec un tirant d'eau minimum de 4 mètres. Nous nous sommes servi pour ce travail du plan que M. Krantz a joint à son mémoire remarquable sur l'amélioration de la navigation

de la basse Seine, en date du 1er mai 1871, et qui repré-
sente, à l'échelle de $\frac{1}{100}$ pour les hauteurs et de $\frac{1}{50.000}$ pour les
longueurs, le profil du fond et des berges de la basse Seine.
C'est à la bienveillante amabilité de M. Krantz et à l'obligeance bien connue de M. Erhard, le savant graveur géo-
graphe de la rue Fleurus, que nous devons la communication
de ces précieux documents. On pourra donc se reporter au
plan indiqué ci-dessus pour toutes les cotes que nous repro-
duirons.

Nous diviserions la Seine, entre Paris et Rouen, en onze
biefs; le premier barrage serait à l'écluse de Suresnes et le
dernier à Sotteville-lez-Rouen, faubourg amont de Rouen;
la chute des barrages serait de 2m35 en moyenne, elle varierait entre les deux extrêmes 2 mètres et 2m75.

Premier bief

(*Voir* pl. I).

Le premier bief, comprenant la traverse de Paris et la
banlieue, s'étendrait depuis l'écluse du Port-à-l'Anglais
jusqu'à celle de Suresnes, borne kilométrique 17; à cet
endroit, la largeur du fleuve est de 260 mètres et celle de
la vallée de 970 mètres, dont 160 rive gauche et 550 rive
droite et 260 thalweg; la longueur totale de ce bief serait
de 24,500 mètres.

L'écluse de la Monnaie serait supprimée et le plan d'eau, qui est actuellement à l'altitude de 26^{m}03, serait relevé jusqu'à la cote 28 mètres, laquelle reportée à l'échelle du pont Royal donne 3^{m}52 ; les bas ports de Paris et les banquettes de halage sont aux altitudes de 28^{m}78 et de 30^{m}50, et permettent cette surélévation du plan d'eau qui serait des plus favorables pour le service fluvial de Paris et de la banlieue.

Les berges du bief seraient exhaussées à l'aval, à la hauteur minimum de 3 mètres au-dessus du nouvel étiage et portées à la cote d'altitude 31 mètres.

L'écluse de Suresnes serait conservée, le couronnement des bajoyers serait surélevé et porté de la cote 27^{m}93 à celle de 31 mètres ; le barrage mobile serait entièrement détruit et remplacé par un barrage déversoir fixe, accolé à l'écluse et barrant le fleuve d'une rive à l'autre, en s'appuyant d'un côté sur le bajoyer d'eau et de l'autre sur une culée de rive de même hauteur. Le déversoir aurait la même longueur que le barrage et s'étendrait du bajoyer à la culée. L'arête du déversoir étant à la cote 28 mètres fixée pour le nouveau plan d'eau réglementaire, et les couronnements du bajoyer et de la culée étant à celle de 31 mètres, le déversoir pourrait livrer passage, en temps d'inondation, à une nappe d'eau de 3 mètres d'épaisseur. (*Voir* pl. II).

Le barrage serait établi sur un massif en maçonnerie étanche, ayant 8 mètres de largeur sur 2 mètres d'épaisseur, fondé sur le terrain imperméable et occupant toute la longueur comprise entre l'écluse et la culée de rive. La muraille constituant le barrage serait construite en laissant une retraite de 4 mètres formant radier du côté aval, c'est-à-dire du côté de la chute ; le parement serait vertical vers l'aval et oblique à l'opposé. Le barrage aurait comme base la largeur de 4 mètres restant disponible sur le massif, et se terminerait à sa partie supérieure par une demi-circonférence de 1 mètre de rayon, avec laquelle le parement oblique d'amont viendrait se raccorder suivant une tangente.

Le déversoir serait formé par la demi-circonférence couronnant le barrage dans toute son étendue *(Voir* pl. II *bis).*

Le barrage du thalweg aurait comme complément dans la vallée un barrage en infrastructure, formé au moyen d'une tranchée s'étendant, sur la rive gauche, du bajoyer de terre de l'écluse au coteau du mont Valérien, et sur la rive droite, de la culée de rive au coteau du bois de Boulogne. Cette double tranchée, fouillée jusqu'au sol imperméable, serait remplie avec du béton étanche jusqu'au niveau d'étiage, c'est-à-dire jusqu'à la cote 28 mètres *(Voir* pl. II et II *ter).*

Par ces dispositions, le bief de la traverse de Paris se trouverait transformé en un lac, dont la hauteur minimum du plan d'eau serait réglée par le déversoir à la cote 28 mètres et dont la hauteur minimum des berges serait à 3 mètres au moins au-dessus du niveau d'eau réglementaire.

Pour obtenir dans ces conditions un mouillage de 4ᵐ20 sur tout le parcours du bief, il suffit que le chenal navigable ne présente pas de hauts-fonds au-dessus de la cote d'altitude 28 — 4ᵐ20 = 23ᵐ80.

Dans la partie comprise entre le pont au Change et l'écluse de Suresnes, les hauts-fonds du chenal navigable sont au-dessous de la cote 23ᵐ80 ; entre le pont au Change et le pont Napoléon, il existe des hauts-fonds variant de 24ᵐ08 à 24ᵐ35 ; il serait donc nécessaire de faire des dragages pour obtenir le mouillage réglementaire. Ces dragages seraient très peu importants : en supposant au chenal de navigation une largeur de 50 mètres, ils ne représenteraient que 15,150ᵐ³ de déblais.

Les remblais pour l'exhaussement des berges en contrebas de l'altitude 31 mètres, seraient beaucoup plus importants ; ils porteraient sur la partie aval du bief de Suresnes au Point-du-Jour et représenteraient pour les deux rives 216,000ᵐ³, en donnant aux digues un corps de 6 mètres, avec talus de 1 pour 1.

Comme on le voit, le mouillage réglementaire de 4ᵐ20 à l'étiage pourrait être obtenu avec la plus grande facilité dans notre premier lac. Les dragages, pour le creusement du chenal, seraient bien moins importants que ceux nécessaires pour l'exhaussement des berges d'aval. En prenant l'habitude d'extraire des biefs les remblais dont on aurait besoin dans la vallée, on arriverait, avec le temps, à rendre leur profondeur uniforme et à les transformer en de véritables bassins.

Deuxième bief.

Le deuxième bief s'étendrait de Suresnes à Argenteuil ; son écluse et son déversoir seraient établis entre les bornes kilométriques 36 et 37, à 600 mètres environ à l'aval du pont de la route ; il aurait 20 kilomètres de longueur.

A cet endroit, la vallée se resserre après avoir formé la plaine de Gennevilliers, et entre Colombes et Argenteuil les coteaux des deux rives fourniraient des points d'appui pour barrer la vallée qui ne seraient pas trop écartés.

La largeur du fleuve est de 200 mètres ; celle de la vallée, de 1,425, dont 25 rive droite, 200 thalweg et 1,200 rive gauche.

L'arête du déversoir du barrage serait portée à la cote d'altitude 26 mètres, c'est-à-dire à 2 mètres au-dessous du plan d'eau du bief de Suresnes ; la chute serait donc de 2 mètres entre les deux premiers biefs.

Le busc d'aval de l'écluse de Suresnes étant à la cote 21^{m}53, le mouillage 26 — 21^{m}53 = 4^{m}47 serait plus que suffisant pour passer d'un bief dans l'autre avec le tirant d'eau réglementaire.

Le relèvement du plan d'eau à l'altitude de 26 mètres, au lieu de 23^{m}73, qui est le niveau actuel, assurerait largement le mouillage de 4ᵐ20 sans avoir recours à des dragages.

Comme pour le bief précédent, les berges seraient exhaussées de manière à fournir une hauteur minimum de 3 mètres au-dessous du plan d'eau réglementaire, et il y aurait lieu à quelques remblais sur une dépression de terrain d'une faible étendue dans le voisinage de Colombes.

L'écluse, le barrage déversoir et le barrage de la vallée seraient construits comme il a été dit ci-dessus.

Nous aurions ainsi un deuxième lac, dont le plan d'eau ne pourrait pas s'abaisser au-dessous de la cote 26 mètres; les couronnements de l'écluse et de la culée de rive seraient à l'altitude de 29 mètres et les berges atteindraient au moins cette hauteur.

Les remblais, pour l'exhaussement des rives en contre-bas de la cote 29 mètres, représentent 297,800ᵐ³.

Troisième bief.

Le troisième bief s'étendrait d'Argenteuil à Montesson, entre les bornes kilométriques 54 et 55, et aurait 18 kilomètres de longueur.

L'écluse, le barrage déversoir et le barrage en tranchées seraient construits à peu près en face de l'extrémité aval de la terrasse de Saint-Germain. La largeur du fleuve à cet endroit est de 200 mètres, et celle de la vallée de 1,000 mètres.

Le plan d'eau du bief serait porté de la cote 23^m73 à celle de 24 mètres, soit 2 mètres au-dessous de celui d'Argenteuil. Le couronnement des bajoyers et de la culée de rive seraient à l'altitude de 27 mètres; les berges seraient exhaussées de manière à atteindre cette hauteur, au minimum. L'écluse et les barrages mobiles de Bougival et Bezons seraient détruits.

Le mouillage de 4^{m}20 serait obtenu par des dragages, dans le chenal navigable, représentant un déblai de 98,500^{m3}; le volume des remblais, pour l'exhaussement des berges sur les deux rives, serait de 238,000^{m3}.

Quatrième bief.

Le quatrième bief s'étendrait de Montesson à Andresy, vers la borne kilométrique 75; sa longueur serait de 20 kilomètres.

L'écluse actuelle serait conservée, ses bajoyers seraient relevés de la cote 21^{m}29, à celle de 25 mètres; le barrage mobile serait détruit et remplacé par un barrage déversoir appuyé d'un côté sur l'écluse et de l'autre sur une culée de rive de même hauteur.

Le plan d'eau, qui est actuellement à la cote 20^{m}28,

serait relevé à celle de 22 mètres; soit 2 mètres en contre-bas du niveau réglementaire du bief précédent.

Les biefs de Suresnes, d'Argenteuil et de Montesson auraient ainsi 2 mètres de chute chacun.

A Andresy, la largeur de la Seine est de 320 mètres, y compris les îles qui la divisent; celle de la vallée est de 2 kilomètres. Le fleuve longe le coteau sur la rive droite et forme une plaine de 1,680 mètres de largeur sur la rive gauche; cette plaine serait barrée en infrastructure, comme il a été dit ci-dessus. Les berges en contre-bas seraient exhaussées jusqu'à la cote 25 mètres.

Le relèvement du plan d'eau, jusqu'à la cote 22 mètres, suffit pour donner le mouillage réglementaire de 4^m20 dans toute l'étendue du bief. Le volume des remblais, pour l'exhaussement des berges en contre-bas sur les deux rives, serait de $261,200^{m^3}$.

Cinquième bief.

Le cinquième bief s'étendrait d'Andresy à Meulan, vers la borne kilométrique 95 et aurait 20 kilomètres de longueur. A cet endroit, la largeur de la vallée est de 1,000 mètres et celle du fleuve de 250 mètres; les coteaux sont bien disposés pour recevoir le barrage.

L'écluse ancienne serait conservée; ses bajoyers seraient

élevés de la cote 19ᵐ25 à celle de 22ᵐ75; le barrage mobile serait supprimé et remplacé par un barrage déversoir appuyé sur l'écluse et sur une culée de rive de même hauteur; la vallée serait barrée en infrastructure.

Le niveau du bief serait porté de la cote 16ᵐ69 à celle de 19ᵐ75 et laisserait au bief précédent une chute de 2ᵐ25. Les berges en contre-bas seraient exhaussées au même niveau que le couronnement de l'écluse et de la culée de rive, 22ᵐ75.

Par suite du relèvement du plan d'eau, le mouillage de 4ᵐ20 serait obtenu dans toute l'étendue du bief, sans le secours de dragages. Le volume des remblais nécessaires à l'exhaussement des berges en contre-bas serait de 362,400ᵐ³.

Sixième bief.

Le sixième bief s'étendrait de Meulan à Rolleboise; il aurait environ 25 kilomètres de longueur. Cet endroit, qui est très propice pour le barrage de la vallée, avait été proposé par M. Krantz pour l'établissement d'un nouveau bief. La largeur de la vallée est de 500 mètres et celle du fleuve de 240 mètres.

L'arête du barrage déversoir serait établie de manière à relever le plan d'eau réglementaire à la cote de 17ᵐ25 au lieu de celle de 13ᵐ43, ce qui donnerait au bief précédent une chute de 2ᵐ50. Le couronnement des bajoyers de l'écluse et de la culée de rive serait à l'altitude de 20ᵐ25; les berges en contre-bas seraient également exhaussées à cette hauteur.

Le relèvement d'eau à 17ᵐ25 suffirait pour donner le mouillage de 4ᵐ20 dans toute l'étendue du bief, sans le secours de dragages; les remblais nécessaires pour l'exhaussement des berges en contre-bas représenteraient un volume de 230,000ᵐ³.

Septième bief.

•Le septième bief s'étendrait de Rolleboise à Portvillez, vers la borne kilométrique 145, et aurait 20 kilomètres de longueur. La vallée a 650 mètres de largeur et le fleuve 320 mètres.

Ce lieu est encore remarquable par la facilité qu'il donne pour arrêter l'écoulement des eaux dans la vallée et il dénote de même que le choix de Rolleboise, de la part de l'ingénieur qui a été chargé de la construction du barrage éclusé de Portvillez, une intention formelle de ménager les eaux d'étiage.

L'écluse de Portvillez serait conservée et le barrage, qui n'est pas encore achevé, traversant le fleuve d'une rive à l'autre, serait transformé en un barrage déversoir fixe, dont l'arête supérieure serait établie de manière à relever le plan d'eau de la cote 13^{m}43 à celle de 14^{m}50. Le couronnement des bajoyers et de la culée de rive serait porté à la cote 17^{m}50, ainsi que les berges des deux rives en contre-bas de cette altitude.

La chute du bief précédent serait 17^{m}25 — 14^{m}50 = 2^{m}75 ; le mouillage réglementaire de 4^{m}20 pourrait être obtenu dans toute l'étendue du bief au moyen d'un dragage de 41,500^{m3}. Les remblais nécessaires pour l'exhaussement des berges des deux rives à l'altitude minimum de 17^{m}50 seraient de 161,500^{m3}.

Huitième bief.

Le huitième bief s'étendrait de Portvillez à Thosny, entre les bornes kilométriques 171 et 172, à 10 kilomètres environ en aval du barrage de Notre-Dame de la Garenne ; ce dernier barrage avait été condamné par des motifs divers dans le projet de M. Krantz et devait être remplacé par celui de Thosny.

Notre huitième bief, d'une longueur de 27 kilomètres environ, n'apporterait donc aucun changement à la distribution adoptée par l'administration.

Du reste, comme pour les deux biefs précédents, le lieu de Thosny est très bien choisi pour arrêter l'eau et témoigne des préoccupations d'un ingénieur qui dans sa carrière a été aux prises avec un fleuve bien autrement difficile à saisir que la Seine, le Rhône.

La largeur de la vallée a 1,000 mètres et celle du thalweg 400 mètres environ.

Le barrage déversoir serait établi de manière à relever le plan d'eau du bief à la cote 11^{m}75, ce qui donne une différence de 0^{m}60 et de 3^{m}35 avec les plans d'eau des biefs actuels de la Garenne et de Poses.

Le couronnement des bajoyers et de la culée de rive seraient à la cote 14^{m}75, ainsi que les berges des deux rives en contre-bas de cette altitude.

La chute du barrage précédent serait :

$$14^m50 - 11^m75 = 2^m75$$

Pour obtenir le mouillage de 4^{m}20, le volume des dragages s'élèverait à 140,750^{m3}; celui des remblais pour l'exhaussement des berges à 340,300^{m3}.

Neuvième bief.

Le neuvième bief s'étendrait de Thosny à Vironvay, entre les bornes kilométriques 188 et 189, un peu avant la réunion des vallées de la Seine et de l'Eure; il aurait 17 kilomètres de longueur.

La largeur de la vallée est d'environ 1,000 mètres et celle du fleuve 320.

Le plan d'eau serait relevé de la cote 8m45 à celle de 9m50 ; la chute du bief précédent serait de :

$$11^m75 - 9^m50 = 2^m25$$

Le couronnement des bajoyers et de la culée de rive serait porté à la cote 12m50 ainsi que les berges en contre-bas.

Le mouillage réglementaire de 4m20 serait obtenu avec un dragage insignifiant de 3,000m³. Les remblais, pour l'exhaussement des rives seraient de 186,300m³.

Dixième bief.

Le dixième bief s'étendrait de Vironvay à Pont-de-l'Arche, vers la borne kilométrique 208 ; il aurait 19 kilomètres de longueur.

Ce bief remplacerait celui de Poses, dont les ouvrages sont établis au milieu d'une vallée de 5 kilomètres de largeur et n'offrent aucune sécurité pour arrêter les eaux.

A Pont-de-l'Arche, la largeur de la vallée est de 1,500 mètres et celle du fleuve de 400 mètres.

Le barrage déversoir serait établi de manière à porter le plan d'eau à la cote 7m25, qui est plus élevée que le niveau du bief de Martot de 2m98 et plus basse que celui du bief de Poses de 1m20.

Le couronnement de l'écluse de la culée de rive ainsi

que celui des berges en contre-bas, serait porté à l'altitude 10^{m}25.

La chute du bief précédent serait 9,50 — 7,25 = 2^{m}25.

Les dragages, pour obtenir le mouillage de 4^{m}20, seraient de 463,000^{m3}; les remblais pour l'exhaussement des berges seraient de 218,200^{m3}.

Onzième bief.

Le onzième et dernier bief s'étendrait de Pont-de-l'Arche à Sotteville-lez-Rouen, entre la borne kilométrique 238 et 239, et aurait 31 kilomètres de longueur; il prolongerait et remplacerait le bief de Martot.

La largeur de la vallée, à Sotteville-lez-Rouen, est de 1,300 mètres environ, et celle du fleuve de 400 mètres.

Le niveau des hautes mers varie de 2^{m}42 à 4^{m}98; celui des basses mers varie de 0^{m}46 à 2^{m}18.

Le barrage serait établi de manière à relever le plan d'eau à la cote 4^{m}50, soit 23 centimètres de plus que le niveau du barrage de Martot.

La chute du barrage précédent serait 7^{m}25 — 4^{m}50 = 2^{m}75; celle du barrage de Sotteville-lez-Rouen varierait suivant les marées.

Le couronnement de l'écluse et de la culée de rive serait à la cote 7^{m}50, et les berges en contre-bas seraient relevées à cette dernière altitude.

Le mouillage de 4ᵐ20 serait obtenu avec un dragage insignifiant de 16,350ᵐ³. Pour exhausser les berges des deux rives jusqu'à la cote 7ᵐ50, il faudrait 621,600ᵐ³ de remblais.

L'ensemble des travaux pour la mise en état de la grande voie de navigation de Paris à Rouen peut se résumer dans le tableau suivant :

| DÉSIGNATION DES BIEFS. | LONGUEUR | | ÉCLUSES nouvelles | DRAGAGES. | REMBLAIS. |
	des barrages déversoirs.	des barrages en tranchées.			
	mètres.	mètres.	nombre.	ᵐ3	ᵐ3
Nº 1. Suresnes	244	710	»	15,150	216,000
— 2. Argenteuil.........	184	1,225	1	»	297,800
— 3. Montesson.........	184	800	1	98,500	238,000
— 4. Andresy..........	304	1,680	»	»	261,200
— 5. Meulan..........	234	750	»	»	362,400
— 6. Rolleboise.........	224	260	1	»	230,000
— 7. Portvillez..........	304	330	»	41,500	161,500
— 8. Thosny	384	600	1	140,750	344,300
— 9. Vironvay..........	304	680	1	3,000	186,300
—10. Pont-de-l'Arche.....	384	1,100	1	463,000	218,200
—11. Sotteville-lez-Rouen.	384	900	1	16,350	621,600
TOTAUX.......	3,134	9,035	7	778,200	3,137,300

La section des barrages déversoirs peut être évaluée à 36ᵐ², y compris les fondations et celle des murs de bétons en infrastructure formant barrage dans la vallée à 10ᵐ².

Les produits des dragages et des déblais ayant leur emploi pour l'exhaussement des berges en contre-bas du couronnement des écluses et des culées de rives, il n'y aurait pas lieu de tenir compte dans les évaluations de la dépense des déblais; elle se trouverait comprise dans le prix des remblais dont le volume est plus considérable.

L'ensemble de ces travaux représenterait une dépense qui pourrait être évaluée comme suit :

1° 3,134 mètres de barrages déversoirs à 1,400 fr., ci.	4,387,600 fr.
2° 11 culées de rives à 15,000 fr., ci..............	165,000
3° 9,035 mètres de barrages en vallée à 150 fr., ci..	1,355,250
4° 7 écluses à 1,000,000 de fr., ci................	7,000,000
5° 3,137,300^{m3} de remblais à 2 fr., ci............	6,274,600
TOTAL..............	19,132,100 fr.
Imprévus, outre les produits des matériaux provenant de la démolition des écluses et barrages supprimés, environ 15 %...................	2,867,900
TOTAL définitif de l'évaluation...	22,000,000 fr.

Afin d'éviter, autant que possible, les erreurs dans les évaluations de travaux, nous avons dressé, d'après les documents que nous avions en main, un plan du profil du fond et des berges de la Seine entre Paris et Rouen à l'échelle de $\frac{1}{100}$ pour les hauteurs et à celle de $\frac{1}{10,000}$ pour les longueurs; sur ce plan, qui a environ 25 mètres de longueur, le relief du chenal navigable a été porté sur une ligne horizontale et divisé, dans le sens de la hauteur, en cinq bandes de 5 centimètres passées à l'encre de Chine et ayant des teintes différentes, afin de pouvoir suivre avec plus de facilité les inflexions de la pente générale.

Le profil des berges au-dessus de l'eau a été indiqué par une teinte sépia; les barrages et les écluses existant actuellement ont été indiqués à la position qu'ils occupent, en distinguant les écluses qui doivent être supprimées par une double teinte alternativement rose et bleue, et celles qui doivent être exhaussées, par une double teinte alternativement rose et rose foncée.

Les plans d'eau actuels ont été indiqués par une teinte bleue foncée; les biefs proposés comme application du système des barrages déversoirs ont été indiqués en donnant aux écluses nouvelles une teinte uniformément rose et aux plans d'eau nouveaux une teinte bleue claire.

Les dragages ont été déterminés par une ligne vermillon qui sert de limite au mouillage réglementaire de 4^{m}20, et les exhaussements de berges ont été indiqués par une teinte rouge brique.

La planche I indiquant le bief de Suresnes a été extraite de ce plan en réduisant les échelles.

En appliquant, comme nous venons de le faire, le système des barrages déversoirs fixes à la canalisation de la basse Seine, nous avons transformé le thalweg en onze lacs se déversant les uns dans les autres et communiquant entre eux au moyen d'écluses.

Il est bien incontestable qu'on pourrait obtenir dans

7

chacun de ces onze lacs, comme dans tout autre ayant un fond maniable, le mouillage réglementaire à 4^{m}20 et même un mouillage plus considérable si l'on trouve un avantage à recevoir des navires calant plus de 4 mètres.

Avec ce système de canalisation, la grande navigation ne serait plus qu'une question de travaux parfaitement définis, de dragages, d'abaissement de radiers d'écluses et de surélévation de ponts ; on serait absolument maître de l'eau dans les biefs, et le mouillage réglementaire ne serait plus subordonné aux caprices des saisons.

Paris pourrait donc enfin avoir la grande voie navigable qu'il réclame depuis si longtemps pour mettre ses quais immenses en communication directe avec la mer.

Il est bien certain qu'au point de vue de la navigation, les barrages déversoirs fixes permettent d'obtenir des résultats qu'on n'aurait jamais osé espérer avec les barrages mobiles tels qu'on les construit actuellement sur la basse Seine ; il nous reste maintenant, pour justifier complètement notre système, à examiner les modifications que la canalisation nouvelle peut apporter à l'écoulement des eaux pendant les inondations.

La basse Seine, comme nous l'avons vu, serait transformée par les barrages déversoirs en onze lacs ou biefs, ne communiquant entre eux que par les écluses et ne pouvant se déverser l'un dans l'autre qu'autant que le niveau de l'eau s'élève au-dessus des déversoirs.

Chaque bief contiendra donc une masse d'eau en repos
dont le volume sera plus ou moins considérable, suivant
que les déversoirs seront plus ou moins élevés et les thalwegs
plus ou moins profonds.

Pour la facilité du raisonnement, nous allons opérer sur
un bief particulier, sur celui de Suresnes qui est le plus à
notre portée, en faisant observer que ce qui sera dit pour
celui-là, s'appliquera également à tous les autres, puisque
tous sont construits d'après les mêmes principes et soumis
aux mêmes lois.

La pente totale du bief de Suresnes, à partir du pont
Napoléon, est de 2^m35 sur une longueur de 20,400 mètres.
Les deux altitudes extrêmes du fond sont 24^m35 au pont
Napoléon et 22 mètres à l'écluse de Suresnes (*Voir* pl. I).

L'arête supérieure du barrage déversoir ayant été sup-
posée établie de manière à relever l'ancien plan d'eau
jusqu'à la cote 28 mètres, la profondeur de l'eau immobilisée dans le bief aura 6 mètres à l'aval et 3^m65 à
l'amont.

D'après le dispositif pour le même bief, le couronnement
des bajoyers de l'écluse, celui de la culée de rive, s'élève
jusqu'à la cote 31 mètres, ainsi que les berges les plus
basses. La longueur du déversoir, entre l'écluse et la culée,
est de 244 mètres; la section disponible au-dessus du déversoir pour l'écoulement des plus grandes eaux sera donc :
$244 \times 3 = 732^{m2}$.

Pour savoir si le barrage déversoir de Suresnes ainsi disposé apporte un obstacle à l'écoulement des eaux d'inondation, il suffit de déterminer le volume d'eau que le déversoir peut débiter et comparer ce volume à celui que le fleuve pourrait débiter au même endroit, s'il coulait librement.

En calculant le débit du déversoir d'après la formule applicable :

$$Q = m \, L \, H \, \sqrt{2 \, g \, H}$$

on trouve que si l'eau s'élevait dans le bief à la cote d'altitude 31 mètres, c'est-à-dire 3 mètres au-dessus du déversoir, le débit serait de $3{,}086^{m3}$ par seconde. Ce débit dépasse de beaucoup celui du fleuve pendant ses plus grands débordements, même celui qui correspond à la crue de 1740, inscrite sur l'échelle du pont Royal, comme représentant la plus grande inondation dont on ait conservé le souvenir.

Sous l'influence d'une intumescence aussi monstrueuse que celle que nous supposons, le bief de Suresnes contiendrait une masse d'eau ayant 9 mètres de profondeur à l'aval et $9^{m} - 2^{m}35 = 6^{m}65$ au pont Napoléon, soit en moyenne $\frac{9 + 6.65}{2} = 7^{m}825$.

Pour avoir notre second point de comparaison, nous avons à rechercher quel serait le débit de la Seine, courant librement du pont Napoléon à Suresnes, sous l'influence d'une crue de 7m82; mais la largeur du fleuve entre ces deux points n'est pas uniforme, elle varie de 150 à 300 mètres environ, et nous savons qu'une même crue, à pente égale, devient plus ou moins considérable, suivant qu'elle franchit un thalweg plus ou moins large; le débit de la Seine, calculé de cette manière, ne pourrait donc fournir qu'un terme de comparaison applicable seulement au point qui nous occupe.

Afin de donner au raisonnement une portée plus générale, nous commencerons par faire abstraction des circonstances locales, et nous supposerons que la Seine, depuis le pont Napoléon jusqu'à l'écluse de Suresnes, coule dans un canal de forme rectangulaire ayant la même largeur que le barrage déversoir, 244 mètres, et une pente totale de 2m35; nous supposerons en outre que la crue produit dans ce canal fictif une élévation de 7m82.

Cette disposition a l'inconvénient d'exagérer considérablement le débit du fleuve coulant librement, mais elle permet au moins de comparer entre eux deux modes d'écoulement réguliers.

En calculant le débit d'un semblable canal au moyen de la formule qui donne la vitesse moyenne de l'écoulement :

$$U = 56,86 \ \sqrt{\tfrac{A}{S}\tfrac{H}{L}} - 0,072$$

dans laquelle $\tfrac{A}{S}$ représente la section transversale du canal divisée par le périmètre mouillé et $\tfrac{H}{L}$ la pente, on trouve que la Seine, sous l'influence de la crue de 7^{m}82, débiterait 2,739^{m3} d'eau par seconde.

Malgré l'exagération résultant du dispositif, ce débit est moindre que celui du déversoir.

Le barrage déversoir, dans cette circonstance, n'est donc pas un obstacle pour l'écoulement de l'eau ; au contraire, il le favorise.

Il en sera de même, si les crues sont plus considérables ; mais si ces dernières viennent à diminuer, le barrage déversoir perdra ses avantages, et ses facultés de débit s'amoindriront dans des conditions telles qu'il retardera l'écoulement de la rivière libre.

Le tableau (ci-dessous) permet de suivre les deux modes d'écoulement sous l'influence de crues, variant de 10 en 10 centimètres à partir de 3 mètres au-dessus du barrage déversoir jusqu'à 0 mètre :

HAUTEUR DE L'EAU au-dessus du déversoir.	CRUE CORRESPONDANTE dans le canal fictif.		DÉBIT du barrage déversoir.	DÉBIT du canal fictif.
3m »	7m	82	3,086m3	2,739m3
2 90	7	72	2,935	2,692
2 80	7	62	2,784	2,639
2 70	7	52	2,635	2,585
2 60	7	42	2,491	2,534
2 50	7	32	2,348	2,499
2 40	7	22	2,208	2,429
2 30	7	12	2,071	2,379
2 20	7	02	1,939	2,328
2 10	6	92	1,808	2,278
2 »	6	82	1,681	2,229
1 90	6	72	1,554	2,181
1 80	6	62	1,434	2,131
1 70	6	52	1,315	2,082
1 60	6	42	1,202	2,020
1 50	6	32	1,092	1,987
1 40	6	22	984	1,941
1 30	6	12	880	1,897
1 20	6	02	781	1,838
1 10	5	92	685	1,805
1 »	5	82	595	1,760
0 90	5	72	507	1,701
0 80	5	62	424	1,648
0 70	5	52	334	1,615
0 60	5	42	274	1,558
0 50	5	32	210	1,531
0 40	5	22	150	1,493
0 30	5	12	97	1,461
0 20	5	02	53	1,407
0 10	4	92	18	1,368
0 »	4	82	»	1,328

Il résulte de ce tableau qu'en réduisant la section du
canal à 634^{m2} par le moyen d'un barrage déversoir, il
passera autant d'eau par le déversoir, qui représente la
section réduite, que par le canal libre avec une section de
1,810^{m2}; c'est-à-dire que le rapport limite entre la section
du déversoir et celle du canal libre pour débiter un même
volume d'eau, est de $\frac{634}{1810}$. Si l'on augmente ou diminue ce
rapport, le déversoir débitera plus ou moins d'eau que le
canal libre.

On peut donc conclure d'une manière générale que,
pendant les inondations de la basse Seine, il sera possible
d'écouler les eaux avec plus de rapidité par le moyen des
barrages déversoirs que par le moyen naturel de la rivière
libre.

Si maintenant nous passons de la théorie aux faits,
c'est-à-dire si, au lieu de comparer le débit du barrage
déversoir à celui d'un canal fictif, nous le comparons à
celui de la Seine, coulant librement dans son thalweg, nous
allons nous trouver en présence de résultats bien autrement
favorables pour le nouveau mode d'écoulement.

Pour faire cette comparaison, nous prendrons les débits
que M. Poirée, inspecteur général des ponts et chaussées,
a trouvés pour la Seine à Paris, lorsqu'elle atteint aux
échelles des ponts Royal et de la Tournelle les diverses
cotes qu'il relate.

Seulement nous ramènerons toutes les cotes à la même

échelle, à celle du pont Royal, en ajoutant à cette dernière la différence de 0^{m}87 indiquée pour le passage d'une échelle à l'autre, et pour que la comparaison se fasse avec plus de rapidité, nous allons placer dans le tableau suivant, en regard des débits indiqués par M. Poirée, ceux du barrage déversoir pour les divers niveaux du bief qui correspondent aux mêmes altitudes.

COTES DE L'ÉCHELLE du pont Royal.	HAUTEUR CORRESPONDANTE au-dessus du barrage déversoir.	DÉBITS TROUVÉS par M. Poirée.	DÉBITS du barrage déversoir.
»	»	30^{m3}.	»
0^m 51	»	75	»
1 01	»	130	»
1 51	»	195	»
2 01	»	270	»
2 51	»	355	»
3 01	»	450	»
3 51	»	555	»
4 01	0^m 49	670	203^{m3}
4 50	0 98	725	575
5 »	1 48	980	1,068
5 50	1 98	1,075	1,654
6 01	2 49	1,230	2,335
6 39	2 87	1,350	2,889
6 88	3 36	1,510	3,660
7 69	4 17	1,780	5,060
8 23	4 71	1,970	6,073
8 67	5 15	2,110	6,944
8 78	5 26	2,160	7,173

Il résulte de ce tableau que si, dans l'état actuel de la Seine, on construisait à Suresnes un barrage fixe, suivant le dispositif que nous avons indiqué, il passerait plus d'eau par le déversoir de ce barrage que par le fleuve coulant librement, lorsque les crues atteignent 5 mètres seulement à l'échelle du pont Royal.

C'est-à-dire que, sous l'influence d'une crue semblable, l'eau n'atteindrait même pas dans le nouveau bief la hauteur de 1^m48 au-dessus de l'arête du déversoir du barrage, et que sous l'influence de crues plus considérables le barrage déversoir fixe débiterait infiniment plus d'eau que le fleuve ne pourrait en fournir en coulant librement.

Ce résultat explique comment il se fait que, pendant les inondations, l'eau peut couler par-dessus un barrage sans éprouver de dénivellation à la surface (C'est à peine si un léger remous indique la présence du barrage, et il faut une grande habitude pour s'apercevoir que la rivière est barrée à cet endroit).

En résumé, soit qu'on fasse appel à la théorie, soit qu'on fasse appel à la pratique, on arrive à la même conclusion.

Les barrages déversoirs fixes, convenablement disposés, sont inoffensifs pendant les crues modérées et favorisent l'écoulement lorsque les eaux deviennent menaçantes.

Le premier point étant établi, il nous reste maintenant à démontrer que la masse d'eau en repos, immobilisée dans les biefs par les barrages mobiles, devient un organe de propagation énergique, qui permet à chaque bief d'écouler l'eau affluente avec une vitesse au moins égale à celle de la réception.

Cette deuxième partie de notre raisonnement est indispensable pour établir la supériorité de notre système de canalisation au point de vue de l'écoulement des eaux. Nous avons constaté, il est vrai, que les barrages déversoirs fixes peuvent débiter pendant les crues plus d'eau que la rivière libre; mais, pour que ce débit soit effectif, il faut que le bief ne s'encombre pas et puisse transmettre l'eau qu'il reçoit; sans cela, il arriverait dans les biefs ce qui arrive dans les rivières pour certains barrages : l'eau passerait par-dessus les barrages sans changer d'allure.

D'après le dispositif du nouveau bief de Suresnes, l'arête supérieure du barrage déversoir serait à la cote d'altitude 28 mètres et immobiliserait une masse d'eau ayant 3^m65 de profondeur à l'amont et 6 mètres à l'aval. Il est facile de comprendre que l'eau affluente ne peut pas se transmettre dans ce bief en vertu de la pente du fleuve. L'eau ne peut pas plus se mouvoir dans un cas semblable, en glissant dans le sens de la longueur, qu'un solide ne pourrait cheminer sur un plan incliné, muni d'un buttoir rachetant sa pente; on est donc obligé de recourir à un autre ordre d'idées pour expliquer la transmission de l'eau d'un bief à l'autre.

Un bief, dans lequel se trouve immobilisée une masse d'eau plus considérable que celle nécessaire pour combler la pente du fond, reproduit exactement la disposition indiquée par MM. Darcy et Bazin dans leur ouvrage intitulé : *Recherches expérimentales sur la propagation des ondes*, et il n'y a aucune raison pour croire que le régime des eaux de la Seine canalisée au moyen de barrages déversoirs, différera de celui de la rigole du canal de Bourgogne, canalisée au moyen des mêmes barrages.

L'irrégularité du fond et des rives du fleuve pourra bien donner lieu à quelques perturbations, mais les lois générales pour la propagation de l'eau seront respectées ; et de même que les formules relatives à l'écoulement dans les canaux de formes régulières sont applicables à l'écoulement dans les rivières, sauf à leur donner des coefficients de correction, de même, les formules relatives à la propagation des ondes dans une rigole canalisée seront également applicables aux rivières canalisées d'après le même système.

Comme nous l'avons vu ci-dessus, en reproduisant le rapport fait à l'Académie des sciences par M. le général Morin, l'écoulement qui se produit sur une eau en repos donne lieu « à une onde qui s'allonge indéfiniment et prend l'aspect d'une couche liquide qui s'avance progressivement sur la surface de l'eau. »

Sans doute, cette couche d'eau pourra éprouver quelques déformations dans sa marche en raison de l'irrégularité du fond et des rives; elle pourra se dilater ou se comprimer, c'est-à-dire s'abaisser ou s'élever, suivant qu'elle traversera des espaces plus larges ou plus étroits, mais elle restera soumise à la loi générale de sa propagation.

Elle fera comme le mascaret, dont la hauteur diminue ou augmente, suivant la largenr ou la profondeur de la Seine; elle fera comme les vague à l'entrée du port du Havre qui s'abaissent et se dilatent dans les espaces désignés sous le nom de brise-lames ou qui se gonflent au passage d'un transatlantique qui les comprime entre ses flancs et la jetée, et causent assez souvent aux promeneurs ébahis, se précipitant en pleine sécurité pour voir de plus près l'entrée majestueuse du navire colosse, la surprise, toujours accueillie par des éclats de rire, d'une douche passagère.

Elle pourra faire comme le flot qui s'élève lorsqu'il passe sur un haut-fond et comme la lame qui se brise quand elle ne trouve pas assez de profondeur pour se soutenir, mais les conditions générales de sa marche ne seront pas changées; ce sera toujours la marche par le relèvement successif des molécules liquides, la marche par le mécanisme de l'ondulation, de même que dans les rivières libres, la marche générale des eaux a lieu en vertu du plan incliné, malgré les perturbations produites par les irrégularités du fond et des rives.

Les formules indiquées par MM. Darcy et Bazin pour me-

surer la vitesse de la propagation des ondes sont les suivantes :

$$V = \sqrt{g\,(H + h)} \text{ et } V = \sqrt{g\,H} + \tfrac{3}{5}\,U.$$

La première de ces formules exprime la vitesse de la
propagation de l'onde qui précède le remous et la deuxième
celle du remous lui-même.

H est la hauteur de l'eau dans le canal, h la hauteur de
l'onde, $g = 9^m8088$ représente la vitesse des graves à la fin
de la première seconde de leur chute et enfin U la vitesse
qui s'établirait dans le canal s'il débitait le volume de l'eau
affluente avec la hauteur H; h est égal à une fois et demie
la hauteur du remous.

La vitesse théorique de l'eau qui s'écoule par un déversoir est exprimée par la formule :

$$V = \sqrt{2\,g\,H}$$

dans laquelle H représente la demi-hauteur de l'eau, qui
passe au-dessus du déversoir, mesurée dans un endroit où
il n'y a pas de dénivellation sensible; $g = 9^m8088$ a la
même valeur que ci-dessus.

Il suffit de comparer ces formules entre elles, en rempla-
çant H et h par les valeurs qu'ils représentent, pour constater que la vitesse de propagation de l'onde ou du remous
est beaucoup plus grande que la vitesse de l'eau affluente.

En effet, si nous prenons pour exemple une crue

produisant une élévation de 2^m30 au-dessus du déversoir de Suresnes, laquelle représente un débit de $2,071^{m3}$ à la seconde, la vitesse de l'eau qui pase par le déversoir sera exprimée par $V = \sqrt{2\,g \times \frac{2.30}{2}}$ ou $V = \sqrt{g \times 2,30}$; tandis que la vitesse de la propagation de l'onde sera exprimée par $V = \sqrt{g \times (3,65 + 2,30 + 1,15)}$ ou $V = \sqrt{g \times 7,10}$ et celle de la propagation du remous sera exprimée par $V = \sqrt{g \times 3,65} + \frac{3}{5} U$.

Ces deux dernières vitesses sont évidemment plus considérables que celle de l'eau affluente, $7,10$ et $3,65 + \frac{3}{5} U$ étant évidemment plus grandes que $2,30$; et cependant, elles ne représentent que le minimum de la vitesse de propagation, puisqu'elles ont été calculées à l'amont, c'est-à-dire au point où le bief a le moins de profondeur.

Il résulte de l'examen de ces diverses formules qu'il suffirait de donner à la masse d'eau immobilisée par les barrages, une profondeur minimum égale à $\frac{3}{2}$ de la hauteur de la nappe d'eau qui passe par le déversoir, pour être assuré que la propagation, par le mécanisme de l'ondulation, se ferait avec une vitesse supérieure à celle de l'arrivée, et qu'en conséquence il n'y aurait pas d'encombrement possible dans les biefs.

Si maintenant nous voulons raisonner, en nous rapprochant davantage du dispositif que comporte la largeur de la Seine dans la traverse de Paris, voici sur quelles bases il conviendrait d'établir les calculs, afin de se rendre compte du niveau maximum de l'eau dans le bief de Suresnes,

pour une crue de 3 mètres au-dessus des barrages déversoirs :

Nous supposerons d'abord que le bief de la traverse de
Paris reçoit ses eaux par deux barrages déversoirs établis,
l'un au Port-à-l'Anglais et l'autre au confluent de la Marne,
et que les deux nappes d'eau qui passent par les déversoirs
ont ensemble une largeur de 150 mètres. .

Nous supposerons en outre que la largeur minimum du
bief, dans toute son étendue, n'est pas inférieure à
150 mètres.

Dans ces conditions, pour éviter tout mécompte dans les
effets de la canalisation par rapport à l'écoulement des eaux,
nous porterions la profondeur minimum du bief à 4^m50 au-
dessous de l'arête du déversoir du barrage de Suresnes,
qui, comme nous l'avons dit, serait à l'altitude de 28 mètres.

Une couche d'eau de 3 mètres d'épaisseur, passant par un
déversoir de 150 mètres, tel que ceux que nous avons décrits, représente une crue de $1,897^{m3}$ à la seconde, corres-
pondant à une crue de 8 mètres environ à l'échelle du pont
Royal.

La vitesse de l'eau affluente serait, dans ce cas, de 4^m21 à
la seconde; celle de la propagation dans le bief serait de
9^m38 pour l'onde qui précède le remous et de 8^m33 pour
le remous « la couche liquide qui s'avance progressivement
sur la surface de l'eau. »

La vitesse de la propagation serait environ deux fois plus

considérable que celle de l'arrivée de l'eau par les déversoirs d'amont ; le bief ne pourrait donc pas s'encombrer d'eau dans la traverse de Paris. Son niveau, sous l'influence d'une crue de $1,897^{m3}$ à la seconde, ne s'élèverait pas au-dessus de la cote d'altitude $28 + 3 = 31^m$ et de 6^m52 à l'échelle du pont Royal, tandis que la même crue atteindrait 8 mètres à la même échelle dans l'état actuel du fleuve coulant librement.

Comme on le voit, la masse d'eau que les barrages déversoirs immobilisent dans les biefs n'est nullement perdue pour l'écoulement, au contraire, elle le facilite et devient, pour l'eau affluente, un organe de propagation de la plus grande énergie, que l'on peut considérer comme étant appelé à remplir dans les fleuves canalisés un rôle analogue à celui des rails sur les chemins de fer.

En résumé, il résulte de ce qui précède que la basse Seine, canalisée par barrages fixes, débiterait, pendant les crues, un volume d'eau plus considérable que si elle coulait librement, et que ses biefs seraient pourvus de moyens de propagation si puissants que leur encombrement par les eaux affluentes serait aussi peu probable que si ces dernières tombaient directement dans la mer.

La canalisation par barrages déversoirs fixes est donc irréprochable au point de vue de l'écoulement des eaux et rend absolument vaine la fameuse qualité négative qui a fait la fortune des barrages mobiles et qui consiste dans la faculté de disparaître pendant les crues, afin de ne pas troubler le libre cours du fleuve.

Le système de canalisation par barrages fixes, outre qu'il favorise l'écoulement pendant les crues, possède une autre propriété qui est très remarquable; il atténue la formation des bancs de sables et les remaniements de fond dans les thalwegs.

En parlant des alluvions qui garnissent la cuvette des vallées, et des eaux souterraines qui les traversent de biefs en biefs sous l'influence de la pression développée par les barrages mobiles, nous avons fait remarquer que ces eaux apportaient avec elles une grande quantité de sables et de graviers, en s'épanchant dans le thalweg. Les barrages déversoirs et leurs ouvrages complémentaires, en supprimant ces sortes d'écoulement, suppriment les apports de sables et de graviers qui en résultent.

En faisant les calculs relatifs à l'écoulement des eaux dans les nouveaux biefs, nous avons été à même de constater que les variations de niveau seront infiniment plus restreintes après l'établissement des barrages déversoirs.

Les variations de niveau, en refoulant et en reprenant les eaux dans les couches perméables de la vallée, sont également une cause de production de sables et de graviers dans les talwegs; il est évident que cette cause d'atterrissement sera atténuée par la diminution de l'amplitude des oscillations du fleuve.

Enfin, nous savons que lorsque les barrages mobiles sont enlevés, ils laissent le thalweg aux prises avec les ravages des eaux courantes, ravages qui sont d'autant plus considérables que les crues sont plus volumineuses et plus rapides.

La canalisation, par barrages déversoirs fixes, remplace ce régime destructeur par un régime absolument différent et que l'on peut considérer comme inoffensif pour les thalwegs, parce que la pression des eaux sur le sol, au lieu de se produire horizontalement et par frottement, se produit verticalement.

La marche de l'eau par le mécanisme de l'ondulation a lieu par le relèvement successif des molécules liquides ; elle est rendue visible par les traces que les flots produisent sur les sables de nos plages maritimes ; la surface de ces dernières est striée dans le sens des ondes par l'eau qui les recouvre et les sillons sont plus ou moins aigus, suivant la stabilité et la grosseur des sables. Il serait impossible d'expliquer la formation de ces petits sillons, qui généralement sont d'une régularité parfaite, autrement que par la succession des mouvements verticaux qui constituent le régime ondulatoire.

Il est bien fâcheux que la marche de l'eau par ondulation n'ait pas attiré davantage l'attention de nos savants hydrauliciens ; nous ne serions pas réduit à ne produire, en une matière aussi grave, que des assertions tirées de nos seules observations et de notre propre raisonnement.

MM. Darcy et Bazin ont indiqué le phénomène; ils ont étudié les lois de la vitesse de sa propagation, mais ils n'ont pas recherché quelle était la nature du mode de propagation; cependant rien n'aurait été plus facile, il aurait suffi pour cela de disposer les rigoles qui ont servi à faire leurs nombreuses expériences de manière à ce que l'eau repose sur un lit de sable suffisamment épais, pour recevoir les empreintes de la marche ondulatoire sans perdre sa stabilité.

Il est probable que si ces ingénieurs remarquables avaient pensé aux applications dont était susceptible le phénomène qu'ils étudiaient, ils n'auraient pas négligé une expérience aussi simple que celle dont nous parlons, qui leur était indiquée, et par les plages striées de la mer, et par les expériences élémentaires de physique faites dans les collèges pour déterminer la forme des ondes sonores sur les plaques métalliques.

Aussi, pour faire comprendre qu'en employant le système des barrages déversoirs fixes à la canalisation de la basse Seine, il n'y aura plus de remaniement de fond dans le thalweg, nous ne pouvons qu'indiquer les causes particulières de production de sables et de graviers que nous supprimons et montrer le flot roulant sur des sables vaseux, avec une vitesse de 7^m22 à la seconde, sans les dégrader, tandis que l'eau courante entame les roches dures à la vitesse de 3^m05.

En résumé, en appliquant à la basse Seine le système de

canalisation par barrages déversoirs fixes, tel qu'il a été décrit, voici le triple résultat que l'on obtiendrait :

1° On créerait·de Paris à Rouen une grande voie de navigation pouvant porter en tout temps des navires de 4 mètres de tirant d'eau, au minimum ;

2° On augmenterait la puissance de débit du fleuve pendant les inondations ;

3° On atténuerait dans le thalweg les causes d'atterrissement et de remaniements de fond.

D'après les prévisions, ce triple résultat pourrait être obtenu au moyen de travaux évalués à 22 millions de francs, tandis que l'on se propose actuellement de dépenser 32 millions, pour donner à la basse Seine un mouillage incertain de 3^{m}20 en employant les anciens procédés de canalisation.

Parvenu à ce point de notre tâche, nous pourrions la considérer comme terminée, si nous n'avions en vue que les intérêts de la navigation, mais l'ordre d'idées qui nous occupe est beaucoup plus général et nous avons maintenant à montrer les immenses richesses que le nouveau système de canalisation va mettre à la disposition de la population industrielle et agricole de la basse Seine.

CHAPITRE VI

L'eau d'un fleuve est une richesse; sa valeur est variable et dépend en partie de l'importance du territoire riverain.

Plus la vallée est riche et peuplée, plus la valeur de l'eau est considérable.

Quand un fleuve coule dans une vallée comme celle de la Seine, on peut dire, sans aucune exagération, que ses eaux sont aussi précieuses que si elles charriaient des paillettes d'or.

L'eau fluviale est susceptible d'emplois importants et
divers ; mais jusqu'à présent on ne s'est guère préoccupé que
de l'utiliser au profit exclusif de la navigation. Nous-même,
bien que le système de canalisation par barrages déversoirs
que nous venons d'exposer ne soit que l'application d'un
système beaucoup plus général, ayant comme objet « la régularisation du régime des eaux et leur utilisation au profit
de l'agriculture, de l'industrie et de la navigation, » nous
n'aurions jamais osé parler du grand intérêt que l'industrie
et l'agriculture peuvent avoir à se servir des eaux de la basse
Seine, si nous n'avions pas donné satisfaction à l'esprit public en commençant par présenter la solution du grand problème de la navigation maritime entre Paris et Rouen.

Du reste, le sujet que nous avions à traiter était spécial ;
il s'agissait de la navigation de la Seine entre Paris et
Rouen ; et si, en proposant de substituer à la canalisation
par barrages mobiles celle par barrages déversoirs fixes,
nous arrivons à résoudre les trois grands problèmes concernant les eaux dans cette partie du fleuve, nous devons
néanmoins considérer comme accessoires les intérêts en
dehors de la navigation qui, dans l'espèce, est l'objet principal.

Nous ne parlerons donc des richesses industrielles et
agricoles, que l'application du système de canalisation par
barrages déversoirs va faire surgir des eaux du fleuve, que
comme un moyen de solder la dépense de la grande voie de

navigation et de produire accessoirement dans la vallée de la basse Seine une source de revenus considérables et inespérés.

Les barrages déversoirs et leurs ouvrages complémentaires, ayant comme résultat de capter toutes les eaux de la vallée et de les forcer à s'élever dans les biefs jusqu'à la hauteur de l'arête supérieure des déversoirs, avant de s'écouler d'un bief dans l'autre, donnent lieu à des chutes d'eau dont la puissance est représentée, pour chaque barrage, par le volume du débit du fleuve et par la différence de niveau qui existe entre le bief inférieur et le bief supérieur.

La force d'un cours d'eau, ou la quantité de travail absolu qu'il fournit, est le produit du poids de l'eau qu'il débite en une seconde, par la hauteur de la chute.

Pour utiliser cette force, il suffit d'obliger l'eau à passer sur un moteur hydraulique avant de lui permettre de se rendre dans le bief inférieur.

Avec notre système de canalisation, il est très facile de faire passer les eaux de la Seine sur des moteurs hydrauliques avant de leur permettre de descendre d'un bief dans l'autre. Ce résultat peut s'obtenir par une simple dérivation que les dispositions naturelles de la vallée semblent indiquer elles-mêmes (*Voir* pl. II et II *ter*).

Généralement, dans la vallée de la basse Seine, le fleuve longe l'un des coteaux et laisse une plaine au pied du coteau opposé ; on profiterait de cette disposition pour éviter le surcroît de dépense d'une double dérivation.

L'écluse serait établie sur la rive la plus rapprochée du coteau, et la plaine serait réservée pour la dérivation et l'établissement des usines hydrauliques.

Comme nous le savons, le barrage de la vallée, pour la formation de nos biefs, se compose de deux parties bien distinctes, l'une est l'écluse et le barrage déversoir construit dans le thalweg, l'autre le barrage en tranchée, établi de chaque côté des premiers ouvrages et sur leur prolongement pour interrompre les écoulements à travers les alluvions.

Le mur de béton, formant le barrage en tranchée dans la plaine, servirait d'axe à la grande chaussée destinée aux usines ; un premier canal, longeant cette chaussée, dit canal d'alimentation, apporterait l'eau du bief supérieur aux moteurs hydrauliques des usines ; un deuxième canal, longeant la chaussée du côté aval, dit canal de décharge, recevrait l'eau ayant passé sur les divers moteurs hydrauliques et la conduirait dans le bief inférieur.

La chaussée des usines se trouverait donc établie sur le prolongement du barrage déversoir du côté de la plaine ; comme le barrage lui-même, elle séparerait les eaux du bief supérieur de celles du bief inférieur et ne leur permettrait de descendre d'un bief dans l'autre qu'en passant par les nombreux conduits renfermant les moteurs hydrauliques (*Voir* pl. III).

Cette disposition indiquée par la nature des lieux permet d'utiliser les forces hydrauliques en faisant très peu de dépenses, et elle a l'immense avantage de grouper les usines et de mettre à leur disposition des canaux de service qui sont navigables comme le fleuve lui-même; les établissements industriels seraient ainsi placés dans des conditions commerciales très favorables.

Pour que tout le monde puisse se rendre compte par lui-même de la facilité avec laquelle on pourrait transformer en forces hydrauliques la chute de chaque bief de la basse Seine, nous allons décrire la dérivation du barrage de Suresnes, suivant le plan à l'échelle de $\frac{1}{1000}$ que nous en avons dressé (La pl. II est la réduction de ce plan).

L'écluse du barrage de Suresnes est accolée à la rive gauche; notre barrage déversoir serait établi par le travers du fleuve et perpendiculairement à l'écluse vers le milieu de cette dernière; il aurait, comme point d'appui, le bajoyer d'eau d'un côté et une culée de rive du côté opposé.

Un mur de béton de 160 mètres environ serait construit en tranchée sous la rue Pagès, rive gauche, entre le bajoyer de terre de l'écluse et la naissance du coteau du Mont-Valérien; un deuxième mur de béton de 550 mètres en infrastructure serait construit de la même manière sur la rive droite, entre la culée de rive et le coteau du bois de Boulogne commençant à la route de Sèvres à Neuilly, vers la cote d'altitude 31 mètres.

La chute du barrage déversoir de Suresnes est de 2 mètres ; la hauteur du plan d'eau de ce bief est à la cote 28 mètres ; celle du bief d'Argenteuil est à la cote 26 mètres ; le niveau des berges à Suresnes est à l'altitude 29^{m}53 (*Voir* pl. II et II *ter*).

L'axe de la chaussée des usines serait le mur de béton de 550 mètres construit en infrastructure entre la culée de la rive droite et la route de Sèvres à Neuilly.

Le corps de la chaussée des usines aurait 56 mètres de largeur ; le canal d'alimentation aurait 14 mètres de largeur au plat-fond, avec talus de 90 degrés ; le canal de décharge aurait les mêmes dimensions ; le plat-fond du premier canal serait à la cote d'altitude 23^{m}80 et celui du second à la cote 21^{m}80, de manière à fournir, dans les deux canaux, un mouillage de 4^{m}20, lorsque le niveau des biefs affleure l'arête du barrage déversoir (*Voir* pl. III).

Les murs des berges des deux canaux seraient perreyés du côté de la chaussée des usines et les canaux se raccorderaient avec le fleuve par une courbe permettant un accès facile à la batellerie. Le rayon de cette courbe serait, d'après la disposition de la rive de Longchamps, de 175 mètres pour le canal d'alimentation et de 92 mètres pour le canal de décharge.

La largeur des canaux, au plan d'eau réglementaire, serait de 22^{m}40 ; elle serait de 28^{m}40 pour le premier et de 32^{m}40 pour le second, au niveau de la chaussée, c'est-à-dire à la cote d'altitude 31 mètres.

Pour le service des usines, il y aurait de chaque côté de la chaussée un quai de 8 mètres de largeur. Sur le quai d'amont, on établirait toutes les vannes de prises d'eau des coursiers des moteurs hydrauliques.

L'avenue du bord de l'eau de Longchamps, dans le voisinage de la chaussée des usines, suivrait la berge du fleuve et deux ponts seraient jetés sur les canaux, pour permettre de franchir ces derniers.

Les terrains disponibles pour les usines seraient le corps de la chaussée ayant 40 mètres de largeur, non compris les quais, sur 550 mètres de longueur, soit 22,000^{m2} et les terrains en bordure sur les rives opposées des canaux (*Voir* pl. III).

Chaque usine aurait une prise d'eau sur le canal d'amont venant aboutir au puits d'une turbine, situé à l'aval du mur de béton qui forme l'axe de la chaussée; chaque puits de turbine serait desservi par une conduite de décharge, venant se jeter dans le canal de décharge. Un appareil de règlement d'eau, installé devant chaque coursier, réglerait les droits de chaque usine.

D'après l'ensemble de ces dispositions, le barrage déversoir établi dans le talweg remplirait le rôle des déversoirs des chaussées des étangs ou lacs affectés à l'industrie.

En évaluant le volume d'eau disponible en temps normal au double de celui des eaux d'extrême sécheresse, le débit du barrage de Suresnes serait de $43^{m3}270 \times 2 = 86^{m3}540$

à la seconde, lequel, en passant par des turbines bien cons-
truites, représente, avec une chute de 2 mètres, une force
effective de 1,730 chevaux vapeur de 75 kilogrammètres.

Cette force, répartie suivant une moyenne de 35 chevaux
donnerait lieu à l'établissement de 50 usines hydrauliques
environ. La chaussée des usines peut être distribuée de
manière à former 50 lots de 440^{m2} de superficie en moyenne,
ayant 20 mètres de façade sur les quais et ayant de plus les
talus des canaux à leur disposition pour établir des plates-
formes de débarquement et d'entrepôt, et les terrains en
bordure sur les rives opposées pour servir d'annexes.

La dépense pour la transformation des chutes des barrages déversoirs en forces hydrauliques est relativement
peu considérable; dans la plupart des cas, elle se trouvera
plus que couverte par la plus-value des terrains industriels
fournis par la chaussée des usines et les bordures des canaux.

Voici les dispositifs pour l'évaluation des dépenses
occasionnées par la dérivation du barrage de Suresnes :

Longueur de la chaussée des usines et des canaux d'alimentation et de décharge, 550 mètres :

Section des déblais du canal d'alimentation..........	$122^{m2}290$
— — du canal de décharge.............	167 090
ENSEMBLE.........	$289^{m2}380$

Soit $289^{m2}380 \times 550 = 159,159^{m3}$ de déblais pour l'établissement de ces deux canaux.

Les murs perreyés des deux canaux ont un développement en hauteur, le premier de 10^{m}75 et le second de 13^{m}90, ensemble 24^{m}65; ils représentent, avec une épaisseur de 0^{m}50 et une longueur de 550 mètres, un cube de maçonnerie de 0^{m}50 $\times$ 24^{m}65 $\times$ 550 = 6,778^{m3}750.

Les deux ponts des canaux peuvent être évalués à 50,000 fr. chacun.

Les conduits ou coursiers, pour faire passer l'eau dans les turbines, sont supposés établis sous terre en travers de la chaussée et construits en maçonnerie, avec une section vide de 3^{m2} et une section pleine de 5^{m}75; la longueur moyenne de chacun de ces conduits serait de 62 mètres, soit pour les 50 usines :

$$5^{m2}75 \times 62 \times 50 = 17,825^{m3} \text{ de maçonnerie.}$$

Le prix des turbines hydrauliques varie de 150 à 200 fr. par force de cheval.

Les terrains à exproprier pour la dérivation du barrage de Suresnes se composeraient :

1º Des terrains nécessaires pour l'établissement de la chaussée des usines;

2º De ceux nécessaires pour les deux canaux d'alimentation et de décharge;

3º Enfin, de 50 mètres de bordure le long des canaux, du côté opposé à la chaussée.

L'ensemble des terrains à exproprier représenterait une

bande de terrain de 216ᵐ80 de largeur sur 550 mètres de longueur, soit 119,240ᵐ² de superficie comme suit :

22,000ᵐ² corps de la chaussée propre à la construction.
  8,800   quais des usines.
33,440   canaux.
55,000   bordure de canaux.

119,240ᵐ² TOTAL.

Les travaux, pour la transformation de la chute du barrage de Suresnes en forces hydrauliques, représenteraient une dépense de 1,210,000 fr., savoir :

Déblais....... 159,159ᵐ³ à 1 fr., ci......	159,159ᶠ	»
Murs perreyés. 6,778ᵐ³750 à 20 fr., ci..	135,575	»
2 ponts, à 50,000 fr. l'un, ci..............	100,000	»
Coursiers, 17,825ᵐ³ à 20 fr., ci...........	357,500	»
Turbines, 1,730 chevaux, à 200 fr., ci......	346,000	»
TOTAL.......	1,098,234	»
Imprévus.........	111,766	»
TOTAL.......	1,210,000	»

Soit 700 fr. par force de cheval, sans comprendre la valeur des terrains à exproprier.

Les terrains à exproprier peuvent être évalués à 2 fr. en moyenne par mètre carré; ils représenteraient une dépense de 238,480 fr. pour la dérivation du barrage de Suresnes, soit 137 fr. par force de cheval.

La totalité de la dépense pour l'appropriation des forces hydrauliques du barrage de Suresnes serait amplement couverte par la plus-value des terrains affectés aux usines et de leurs dépendances ; cette plus-value résulterait d'une situation industrielle et commerciale exceptionnellement favorable qui serait la conséquence des travaux.

Ces terrains pourraient être évalués comme suit :

22,000ᵐ²	sur la chaussée, à 30 fr., ci............	630,000ᶠ »
8,800	quais de la chaussée..................	mémoire
	Plates-formes et entrepôts sur talus.....	mémoire
33,440	de canaux..........................	mémoire
46,200	bordure des canaux, à 20 fr............	924,000 »
8,800	quais des bordures...................	mémoire
	TOTAL........	1,584,000 »

Les travaux pour l'appropriation des chutes d'eau des autres biefs de la basse Seine seraient en tout point semblables à ceux décrits pour le barrage de Suresnes et donneraient lieu aux mêmes plus-values pour les terrains à exproprier.

On pourrait donc, pour la simplification des évaluations, ne pas tenir compte des frais d'appropriation des chutes d'eau des onze biefs de la basse Seine, puisque les frais se trouvent très largement couverts par la plus-value des terrains industriels.

La canalisation, par le système des barrages déversoirs

9

fixes, aurait alors comme résultat d'ouvrir, entre Paris et Rouen, une voie maritime inespérée et de créer à chaque barrage des forces hydrauliques prêtes à fonctionner, des terrains pour la construction des usines qui doivent utiliser ces forces et des canaux pour le service des usines, sans occasionner de frais supplémentaires pour la production de ces nouvelles richesses.

Le tableau suivant indique les forces disponibles pour chaque bief de la basse Seine :

DÉSIGNATION DES BIEFS	DOUBLE DÉBIT d'étiage mètres cubes par seconde	CHUTES DES BARRAGES	FORCES EFFECTIVES en chevaux de 75 kilogrammètres
	m3	mètres	chevaux
Nº 1. Suresnes.............	86,540	2,00	1,730
— 2. Argenteuil..........	86,540	2,00	1,730
— 3. Montesson..........	86,540	2,00	1,730
— 4. Andresy.............	123,000	2,25	2,767
— 5. Meulan..............	123,000	2,50	3,075
— 6. Rolleboise..........	125,000	2,75	3,437
— 7. Port-Villez..........	125,000	2,75	3,437
— 8. Thosny.............	125,000	2,25	2,817
— 9. Vironvay...........	125,000	2,25	2,817
— 10. Pont-de-l'Arche......	143,720	· 2,75	3,952
— 11. Sotteville-lez-Rouen..	143,720	variable moy. 2m	2,874
TOTAL..........			30,366

Ces 30,366 chevaux de forces hydrauliques échelonnées sur le parcours de la voie maritime de Paris à Rouen, ont une valeur qui ne peut être appréciée exactement qu'en la comparant à celle que représenteraient des machines à vapeur de même force.

Un moteur à vapeur comporte trois organes distincts : un fourneau pour brûler le combustible, un générateur pour produire la vapeur et un récepteur appelé machine à vapeur pour transmettre la force produite par la vapeur ; ces trois organes sont renfermés généralement dans des bâtiments spéciaux et distincts de l'usine de fabrication.

Un moteur à vapeur, établi dans de bonnes conditions et ne consommant en moyenne que 2 kil. 1/2 de houille à l'heure et par force de cheval, revient à 1,500 fr. au minimum par cheval pour des machines de 30 chevaux et au-dessus, sans comprendre le prix des bâtiments qui le renferment.

Les 30,366 chevaux de forces hydrauliques, rendus disponibles par suite de la canalisation par barrages déversoirs fixes représenteraient donc un capital en machines à vapeur de :

30,366 chevaux × 1,500 fr. = 45,549,000 fr.

Cette valeur, qui dépasse de plus du double l'évaluation des frais pour l'établissement de la voie maritime entre Paris et Rouen, serait à porter tout entière au crédit des travaux de notre système de canalisation, puisque nous venons de voir que les dépenses spéciales, pour la transformation des chutes d'eau des barrages déversoirs en forces hydrauliques prêtes à fonctionner, sont plus que couvertes par les plus-values des terrains industriels.

Ce premier résultat serait déjà très beau; mais les dépenses de premier établissement des moteurs à vapeur sont absolument insignifiantes, si on les compare à celles nécessitées par le fonctionnement de ces derniers.

Pour faire mouvoir une machine à vapeur, il faut faire brûler de la houille, il faut un chauffeur mécanicien, il faut consommer de l'huile, du suif, de la graisse, du chanvre, etc.; puis vient le chapitre de l'entretien, des réparations et de l'amortissement de cet engin compliqué qu'on est obligé de remplacer au bout d'un certain nombre d'années de travail.

Voici, suivant les auteurs les plus compétents, comment on peut évaluer, par cheval de force, ces divers chefs de dépenses pour une machine à vapeur marchant 12 heures par jour et 310 jours par année :

Combustible, 9,300 kilog., à 30 fr. les 1.000 kilog., ci ..	279 »
Chauffeur mécanicien............................	80 »
Huile, graisse, suif, chanvre, etc., etc.................	51 »
Entretien et réparations.........	100 »
Amortissement 4 0/0 sur 1,500 fr...................	60 »
TOTAL.........	570 »

En conséquence, par le seul emploi, à raison d'un travail de 12 heures par jour et de 310 jours par an, des 30,366 chevaux de forces hydrauliques, rendues disponibles par la nouvelle canalisation, l'industrie de la vallée de la basse Seine pourrait réaliser une économie annuelle de :

$$30,366 \text{ chevaux} \times 570 \text{ fr.} = 17,308,620 \text{ fr.}$$

Cette somme représente le revenu à 5 0/0 d'un capital de 346,172,400 fr., et comme la précédente, elle doit être portée en totalité au crédit des travaux de la canalisation par barrages déversoirs.

Comme on le voit, le premier résultat de l'application de notre système serait de produire, comme accessoire de la voie maritime de Paris à Rouen, des forces hydrauliques dont l'appropriation par l'industrie, pendant 12 heures par jour seulement et 310 jours par année, représenterait le revenu d'un capital de $45,549,000 + 346,172,400 = 391,721,400$ fr.; ce résultat aurait cela de particulier qu'on pourrait l'obtenir sans augmentation de dépenses, puisque les travaux d'appropriation seraient plus que soldés par les plus-values des terrains industriels.

Cette large part étant faite à l'industrie, il nous reste encore de disponible la plus grande partie du volume des eaux de la Seine, que nous pouvons utiliser d'une manière différente.

En dehors de leur application à l'industrie, les eaux peuvent être employées, au profit des villes, pour les besoins domestiques des habitants, pour l'arrosage des voies et promenades publiques, pour l'entretien et l'ornement des places, jardins, squares et parcs; elles peuvent également être utilisées par les simples particuliers pour l'entretien ou l'ornement de leurs domaines privés. Dans l'état actuel, on donne satisfaction à ces divers besoins de plusieurs manières :

Ou bien on va capter l'eau au loin, sur des points élevés, comme pour la Vanne et la Dhuis, et on l'amène au moyen d'aqueducs dans des réservoirs qui permettent sa distribution dans la ville par son propre poids; ou bien on fait, comme à Chaillot et à Boulogne, on installe des pompes hydrauliques, mues par de puissantes machines à vapeur, qui puisent l'eau dans le fleuve et la conduisent dans le réservoir de distribution.

En employant une partie des forces réservées du barrage déversoir de Suresnes à faire mouvoir des pompes hydrauliques, on pourrait économiser la dépense représentée par la marche de toutes les machines à vapeur employées à l'élévation des eaux de la Seine; on pourrait en outre, en multipliant le nombre de ces engins, mettre à la disposition des agglomérations et des propriétés urbaines, plus d'eau qu'il n'en faut pour la satisfaction de leurs besoins.

L'eau de la Seine, dans le parcours du bief de Suresnes, pourrait encore être utilisée pour l'arrosage des cultures maraîchères; il suffirait pour cela d'appliquer un certain nombre des forces hydrauliques disponibles à élever l'eau de quelques mètres, à la cote d'altitude 32 mètres par exemple, c'est-à-dire à 4 mètres au-dessus du niveau réglementaire du bief, et les plaines d'Issy, de Billancourt, de Boulogne, de Levallois et de Clichy pourraient être arrosées. Une force hydraulique de 600 chevaux, ayant cette destination pendant la nuit, fournirait à la culture 388,800^{m3} d'eau par 12 heures, permettant de répandre une couche d'eau d'un centimètre d'épaisseur sur une superficie de 3,888 hectares.

Comme on le voit, en dehors des forces hydrauliques qui seraient employées à faire mouvoir les usines pendant le jour, la chute d'eau du barrage de Suresnes pourrait être consacrée pendant la nuit aux besoins des villes et à ceux de la culture.

Elle est donc encore susceptible, sous ce double rapport, d'un revenu considérable.

Les forces hydrauliques, résultant de la chute d'eau du bief d'Argenteuil, seraient susceptibles des mêmes emplois que celles du bief précédent; on pourrait, en dehors de l'industrie, les utiliser au profit des besoins des agglomérations et de ceux de la culture. En élevant l'eau de quelques mètres seulement, au moyen d'une faible partie des forces disponibles pendant la nuit, on pourrait abreuver pendant les sécheresses l'immense plaine de Gennevilliers.

Dans les onze biefs de la basse Seine, les forces hydrauliques disponibles, en dehors de celles appliquées à l'industrie, auraient un emploi analogue; sur tout le parcours de Paris à Rouen, il y a des agglomérations plus ou moins importantes, des villas nombreuses, une vallée plus ou moins spacieuse et des coteaux susceptibles d'irrigation.

L'eau employée aux besoins municipaux et à ceux de la culture a cela de particulier qu'elle améliore le régime hydraulique du fleuve; en se répandant dans les villes et en abreuvant les terres du coteau et de la vallée, elle entretient les sources et constitue pour ainsi dire une réserve en remontant la rivière.

Bien que nous ne puissions pas évaluer d'une manière précise le revenu dont serait susceptible, dans la vallée de la basse Seine, l'emploi de nos forces hydrauliques, disponibles en dehors de l'industrie, au profit des besoins municipaux et agricoles, il n'en paraît pas moins incontestable que ce revenu devrait être considérable, puisqu'on peut compter de Paris à Rouen plus de deux cents villes, bourgs ou villages, échelonnés dans la vallée ou sur les coteaux, et que les terres à la portée de l'irrigation représentent 50,000 hectares environ.

En résumé, en appliquant à la basse Seine le système de canalisation par barrages déversoirs fixes, tel que nous l'avons décrit, et qui n'est lui-même qu'une application particulière d'un système général ayant comme objet « la régularisation du régime des eaux et leur utilisation au profit de l'agriculture, de l'industrie et de la navigation, » on arriverait à ce triple résultat :

On transformerait la Seine en une voie maritime permettant aux bateaux de naviguer en tout temps, entre Paris et Rouen, avec un tirant d'eau minimum de 4 mètres;

On mettrait à la disposition de l'industrie de la vallée de la basse Seine onze groupes de forces hydrauliques, représentant 30,366 chevaux vapeur;

Enfin, on donnerait aux villes, bourgs et villages situés dans la vallée la force motrice nécessaire pour utiliser, à son passage, l'eau du fleuve au profit de leurs besoins municipaux et agricoles.

Au moyen de la canalisation par barrages déversoirs fixes, les eaux du fleuve, complètement maîtrisées, deviennent réellement une richesse et acquièrent, par les divers emplois dont elles sont susceptibles, une valeur qu'on peut estimer dans la vallée de la basse Seine à plus d'un demi-milliard, en ne comprenant dans l'évaluation que les richesses produites en dehors de la voie maritime de Paris à Rouen.

Si l'on compare un semblable résultat à celui que l'administration espère obtenir, en dépensant 32 millions de francs, pour le complément et le perfectionnement de la canalisation de la basse Seine au moyen du système actuel de barrages mobiles, il est difficile de se défendre d'un certain sentiment de stupeur.

Avec le système des barrages déversoirs fixes, nous pourrions donner à Paris, dès maintenant, une voie maritime inespérée, permettant en tout temps l'accès de son beau port aux navires calant quatre mètres, et cette voie, nous la mettrions si bien en sa possession, qu'il pourrait l'amplifier et la perfectionner à son gré. Ce premier résultat, on pourrait.l'obtenir avec·une dépense de 22 millions de francs environ.

Avec le système des barrages mobiles, on promet à Paris une voie navigable pour des bateaux calant trois mètres, comme on lui avait promis précédemment une voie navigable à 1ᵐ60 et deux mètres de tirant d'eau sans pouvoir la réaliser. Pour obtenir ce résultat incertain que les déceptions antérieures rendent plus incertain encore, on se propose de dépenser 32 millions de francs.

Avec le système des barrages déversoirs fixes, outre la voie maritime, nous pourrions donner à l'industrie de la vallée de la basse Seine onze groupes de forces hydrauliques représentant ensemble trente mille trois cent soixante-six chevaux-vapeur, en couvrant les frais de leur premier établissement par la seule valeur des canaux et des terrains industriels qui sont la conséquence des travaux, et créer de ce chef une valeur dont l'équivalent actuel est un capital machines à vapeur de 45,549,000 fr., dévorant lui-même, chaque année, pour son fonctionnement et son entretien, un autre capital de 17,308,620 fr.; enfin, nous pourrions également mettre à la disposition de la population, qui habite la vallée de la Seine et ses coteaux, les eaux nécessaires pour les besoins municipaux et agricoles, et produire encore de ce chef une source importante de richesses.

Avec le système des barrages mobiles, au contraire, on ne promet rien de plus que la voie navigable avec un tirant d'eau incertain de trois mètres.

D'un côté, l'agriculture, l'industrie et la navigation concertant leurs efforts pour maîtriser le fleuve dans un intérêt commun, et ouvrant à Paris le chemin de la mer, en faisant surgir des eaux des richesses au centuple de la dépense; de l'autre côté, la navigation s'isolant pour s'approprier le fleuve dans un intérêt exclusif et dépensant les millions de la France sans même avoir la certitude d'atteindre le but qu'elle poursuit.

Le choix entre les deux systèmes ne serait pas douteux si les barrages déversoirs fixes avaient pour eux la sanction de l'expérience. Malheureusement on n'a pas encore expérimenté le mode de canalisation par barrages déversoirs et nous sommes réduit aux seules ressources du raisonnement pour en préconiser l'emploi.

Nous pouvons bien démontrer qu'avec les barrages déversoirs on peut se rendre maître des eaux de la Seine d'une manière absolue et créer une voie de navigation ayant en tout temps un mouillage minimum invariable; nous pouvons bien démontrer aussi, qu'en captant toutes les eaux de la vallée, chaque barrage donne lieu à une chute d'eau qui peut être transformée en des forces hydrauliques d'une grande valeur; nous pouvons bien faire appel aux travaux de MM. Darcy et Bazin, et à l'autorité de

M. le général Morin, pour démontrer que les barrages déversoirs n'entraveront pas l'écoulement du fleuve pendant les crues ; nous pouvons encore démontrer qu'en supprimant les écoulements souterrains, nous arrêtons les apports de sables qui proviennent des terrains de la vallée.

Nous pouvons invoquer la marche des marées, des vagues et du mascaret, pour conclure que la propagation de l'eau dans nos biefs par le mouvement ondulatoire, sera inoffensive et supprimera les causes de remaniements de fond dans le thalweg.

Nous pouvons bien encore indiquer la nature des expériences relativement peu coûteuses, que l'on pourrait faire pour confirmer par la pratique la seule partie de notre système qui ait besoin de cette confirmation, celle concernant la théorie de l'écoulement de l'eau par le mécanisme de l'ondulation et faire remarquer que si le système de la canalisation par barrages déversoirs fixes n'a pas encore pour lui la sanction de l'expérience, il a cela de commun avec toutes les choses nouvelles avant leur application.

Mais que pourront tous nos efforts en présence d'une œuvre aussi considérable que celle de l'appropriation des eaux de la basse Seine au profit de la navigation, de l'industrie et de l'agriculture ?

Il faut une certaine autorité pour se faire lire ou écouter et nous sommes un inconnu ; de plus, le sujet est aride et peut occasionner à l'esprit quelque fatigue ; dans tous les cas, il exigera une certaine dépense de temps pour être lu avec attention ; or, « time is money, » et dans notre siècle pratique, il n'est pas bien sûr que de longues méditations sur un des plus grands problèmes de notre richesse nationale soient un titre suffisant pour obtenir du public qu'il sacrifie quelques heures de loisir pour les consacrer à la lecture de ce travail.

Toutefois, comme il s'agit d'ouvrir à Paris le chemin de la mer, en lui donnant la belle voie de navigation qu'il réclame depuis si longtemps et de solder les travaux en produisant dans la vallée de la basse Seine des richesses industrielles et agricoles au centuple de la dépense, nous espérons que nos lecteurs ne regretteront pas les loisirs qu'ils nous auront consacrés ; nous espérons, au contraire, qu'ils joindront leurs efforts aux nôtres pour vulgariser, à l'occasion du fleuve de Paris, le seul système de canalisation qui permette de résoudre d'une manière rationnelle les trois grands problèmes de notre régime hydraulique, en donnant une égale satisfaction aux intérêts de la navigation, de l'industrie et de l'agriculture.

NOTES

(*La Seine, études hydrologiques,* chap. VII et XXVI : Nappes d'eau souterraines et filtrage de l'eau des rivières par des galeries le long
des berges).

Lorsque nous avons fait la critique du système de canalisation par barrages mobiles et dérivations, tel qu'on le
pratique sur la basse Seine, nous ne nous sommes pas dissi-
mulé les difficultés de la tâche que nous entreprenions en
venant reprocher à ce système de ne pas tenir compte des
écoulements souterrains et de disperser à travers les alluvions de la vallée la majeure partie du débit du fleuve en
temps d'étiage.

Quelques personnes, en effet, sur la foi d'un des ingénieurs
les plus remarquables par leurs travaux, pourront contester
la dépendance que nous établissons dans les vallées entre
le régime des eaux superficielles et celui des eaux souterraines.

Afin de prémunir l'esprit du lecteur contre un genre d'argumentation qui consiste à opposer un nom considérable à un nom inconnu et à parler de la main qui tient le flambeau au lieu de s'occuper de la lumière, nous allons prendre corps à corps l'opinion émise par cette grande personnalité, et la soumettre à l'épreuve de la discussion.

Le manquement le plus grave vis-à-vis d'un nom respecté serait de se servir de l'autorité de ce nom pour couvrir et perpétuer une erreur que l'entraînement du raisonnement, ou peut-être une certaine confusion dans des termes insuffisamment définis, a pu faire commettre à l'occasion d'une étude qui n'avait pas pour objectif la matière qui nous occupe.

M. Belgrand, inspecteur général des ponts et chaussées, était chargé depuis de longues années de la direction du service des eaux et des égouts du département de la Seine et du service hydrométrique du bassin de la Seine, lorsqu'une mort récente et prématurée est venue l'enlever à la science.

M. Belgrand s'est beaucoup occupé du bassin de la Seine au point de vue de la distribution et de la circulation superficielle et souterraine des eaux ainsi que de leur appropriation au profit des divers intérêts municipaux, industriels et agricoles. Il a écrit sur ce vaste sujet un ouvrage très remarquable ayant pour titre : *La Seine, études hydrologiques*.

C'est dans cet ouvrage que nous allons relever une opinion

émise incidemment, que beaucoup de personnes ont acceptée sans examen et qui a pu contribuer, dans une certaine mesure, à faire exagérer la puissance du système de canalisation appliqué sur la basse Seine.

M. Belgrand, en parlant d'une manière générale de la formation des nappes d'eau souterraines, a constaté que ces dernières pouvaient avoir, comme la surface du sol, des lignes de faîtes et des points de partage ; qu'elles pouvaient se superposer et aboutir, suivant leur niveau plus ou moins élevé, à des vallées secondaires ou à des vallées principales ; qu'elles pouvaient même montrer sur le flanc des coteaux des vallées profondes les divers étages formés par leur superposition. Ces nappes souterraines sont de véritables affluents dont les eaux, au lieu d'être concentrées dans un chenal, sont dispersées sur un plan incliné.

Les nappes d'eau souterraines les plus caractéristiques sont celles qui sont formées par une couche nettement définie de terrains perméables reposant sur une couche de terrains imperméables d'une nature différente ; par exemple un banc de calcaire grossier reposant sur une couche d'argile.

La coupe géologique des coteaux de la Seine au barrage de Suresnes fournit un exemple d'une disposition semblable.

A cet endroit, on rencontre de chaque côté de la vallée un banc de calcaire grossier reposant sur une puissante couche d'argile dans laquelle la partie inférieure de la

· 10

cuvette de la vallée se trouve avoir été creusée par les eaux primitives.

Le fond de cette cuvette est à la cote d'altitude 20 mètres; il est horizontal jusqu'à la naissance des coteaux qui se relèvent brusquement de chaque côté jusqu'au banc de calcaire.

La limite inférieure de l'affleurement des bancs de calcaire sur le flanc des coteaux est à la cote d'altitude 29 mètres sur la rive droite et à celle de 40 mètres sur la rive gauche.

La limite inférieure de l'épanchement dans la vallée de la nappe d'eau souterraine est à l'intersection du calcaire et de l'argile, et se manifeste sur chaque coteau par une ligne sablonneuse de suintements sensiblement horizontale.

Lorsqu'une nappe d'eau souterraine n'a pas d'écoulement, elle forme un lac souterrain et peut produire, suivant les cas, un marais à la surface du sol.

Les vallées, lorsqu'elles traversent des nappes d'eau souterraines, remplissent, vis-à-vis de ces dernières, suivant l'expression pittoresque de M. Belgrand, les fonctions de drains et servent à leur écoulement.

D'après ce qui précède, les nappes d'eau souterraines, de même que les autres sources et les affluents ordinaires, prennent fin au moment où elles se déversent dans la vallée qui leur sert d'écoulement. Il est très important, pour notre sujet, de faire une distinction entre les eaux que l'on peut rencontrer dans les alluvions de la vallée et celles provenant spécialement des nappes souterraines affluentes.

M. Belgrand n'est pas très précis dans la définition qu'il donne des nappes d'eau souterraines, et sa définition est tellement large qu'elle peut comprendre à la fois tous les modes de circulation de l'eau dans l'intérieur de la terre. « Les sources, dit cet auteur, sont alimentées par des » courants souterrains qui circulent dans les fissures des » roches dures et les interstices des grains de sable des » terrains arénacés. On donne généralement à ces cours » d'eau le nom de nappes souterraines. »

Ce qui revient à dire que les sources sont alimentées par l'eau qui circule à travers les pores, interstices ou fissures des divers terrains, et qu'on appelle nappe souterraine la portion de ces terrains qui contient de l'eau.

Les nappes d'eau souterraines sont continues lorsqu'on peut creuser un puits sur un point quelconque du sol et rencontrer l'eau à leur niveau ; elles sont discontinues lorsqu'on est obligé de creuser les puits sur des fissures, sur des lieux de passage ou de concentration pour trouver de l'eau.

Les nappes d'eau des terrains arénacés sont continues ; celles des terrains schisteux ou granitiques sont discontinues. Les nappes d'eau des terrains crétacés peuvent être continues jusqu'à une certaine profondeur et devenir de plus en plus discontinues à mesure que l'eau s'abaisse au-dessous de ce premier niveau.

D'après la définition de M. Belgrand, l'expression de nappe d'eau souterraine peut s'appliquer aussi bien aux eaux qui circulent et s'étagent dans l'intérieur du sol au-dessus et même au-dessous de la vallée d'un fleuve, qu'à celles de toute provenance qui circulent à travers les alluvions qui garnissent la cuvette de cette même vallée.

C'est en parlant des nappes d'eau souterraines et de la filtration naturelle des eaux des rivières au moyen de galeries ouvertes dans les graviers des berges, que M. Belgrand a émis l'opinion *que l'eau qui circule dans les alluvions ne provient pas des rivières.*

Nous allons citer textuellement les passages du livre, intitulé : *La Seine, études hydrologiques,* dans lesquelles cette opinion se manifeste avec le plus de netteté.

·   (Chap. VII, page 98).

« En perçant le souterrain de l'égout d'Asnières à moins » de 2 kilomètres de la Seine, j'ai constaté que la nappe » d'eau dans les sables moyens, au point de partage, était » à 8 mètres au-dessus du niveau du fleuve.

» Il résulte de là que les eaux qu'on trouve dans les » graviers le long des rivières ne proviennent point de ces » rivières, puisque leur niveau est plus élevé. Non seule-» ment la différence de niveau, mais encore les différences » de composition des matières en dissolution prouvent que » les eaux souterraines et celles du cours d'eau n'ont pas. » la même origine.

» Je reviendrai sur cette question en parlant du filtrage
» des eaux des rivières. »

(Chap. XXVI).

« On a prétendu qu'on pouvait filtrer les eaux des
» rivières au moyen de galeries ouvertes dans les graviers
» des berges.

» L'eau qui circule dans ces graviers ne provient pas
» des rivières; elle est toujours à un niveau plus élevé et
» provient, par conséquent, des nappes souterraines.

» Si donc on se contentait de prendre l'eau dans ces
» graviers sans abaisser son niveau, on serait certain de
» ne pas recevoir une seule goutte d'eau provenant de la
» rivière.

» Mais on admet généralement qu'en abaissant notable-
» ment le niveau de l'eau de la tranchée au-dessous de celui
» de la rivière, on fait appel à l'eau de cette rivière, et
» qu'on obtient ainsi un filtrage naturel.

» Telle est l'opinion de plusieurs ingénieurs distingués,
» notamment de Darcy.

» J'ai été conduit à une opinion opposée par l'étude des
» faits; suivant moi, l'eau des galeries filtrantes provient
» en grande partie des nappes d'eau souterraines.

» Les villes de Lyon, de Toulouse et de Fontainebleau
» alimentent leurs distributions d'eau au moyen de galeries
» ouvertes dans le gravier des bords du Rhône, de la
» Garonne et de la Seine.

» J'ai fait l'essai des eaux de ces trois distributions, et
» voici les titres hydrotimétriques obtenus :

28 *août* 1860.

	Titre hydrotimétrique.
Eau du Rhône à Lyon..............................	16° »
Eau puisée dans la galerie filtrante...................	17° 94
— dans un autre bassin de filtrage.............	18° 43
— dans un puits du voisinage.................	23° 77

» L'influence de la nappe d'eau souterraine est évidente.

30 *janvier* 1862.

	Titre hydrotimétrique.
Eau puisée dans la Garonne à Toulouse...............	13° 31
— dans la galerie filtrante.....	15° 92

27 *avril* 1859.

Eau puisée dans la Seine à Fontainebleau.............	16° 73
— dans la galerie filtrante.................	21° 20

» Les eaux de la galerie filtrante de Fontainebleau se
» rapprochent beaucoup de celles des sources voisines dont
» les titres hydrotimétriques sont compris entre 19°60 et
» 28°80. »

M. Belgrand relate également dans le même chapitre les
essais hydrotimétriques qu'il a faits sur les eaux provenant
de divers puits creusés le long de la Loire, à Cosne, à
Myennes, à la Celle et à Neuvy. Après avoir constaté le

titre des eaux, leur différence de niveau avec le fleuve et la distance de la berge, il ajoute :

« Dans chaque localité, on a essayé l'eau de deux puits. » Le niveau du puits le plus rapproché varie avec celui du » fleuve, le niveau du puits le plus éloigné est invariable. » Les essais font voir clairement qu'il n'y a aucun rapport » entre les eaux du fleuve et celles des puits, que ces » derniers soient éloignés ou rapprochés de la berge.

» Ce qu'il y a de plus singulier, c'est que l'eau de ces » puits se trouble pendant les crues. »

Les essais de l'eau des galeries filtrantes établies pour les services municipaux de Nevers et de Blois, bien que les galeries de Blois soient prolongées jusque dans le lit du fleuve, donnent des résultats analogues ; les titres hydrotimétriques sont de 24°, 20°70 et de 14°45 pour l'eau des galeries, et de 7°, 4°96 et 7°76 pour l'eau de la Loire ; ils démontrent, suivant M. Belgrand, que l'eau essayée provient des nappes souterraines et non du fleuve.

Après ces divers essais portant sur les eaux qui circulent dans les alluvions du Rhône, de la Garonne, de la Loire et de la Seine, M. Belgrand parle de deux expériences beaucoup plus prolongées qu'il a faites aux établissements hydrauliques de la ville de Paris, situés l'un près du Port-à-l'Anglais et l'autre sur le quai d'Austerlitz, près de la gare du chemin de fer d'Orléans.

Un puits a été ouvert dans les dépendances de l'établissement municipal, dans les graviers de la plaine d'Ivry, à 96 mètres de distance de la Seine.

L'altitude du sol était à la cote.......... 32^m 85

Le puits a été creusé jusqu'à la cote...... 23 86

Le niveau du fleuve était à 0^{m}38 au-dessous de l'étiage et était à l'altitude de 26^{m}22.

Les couches de terrain traversées avaient les épaisseurs suivantes :

Mâchefer..............................	0^m 60
Terre végétale.........................	1 20
Sable et terre mélangés.................	1 »
Gravier..............................	1 50
Gravier et sable fin........	1 20
Sable fin.................	3 49
TOTAL de la profondeur........	8^{m}99

Le niveau du puits, avant l'épuisement, était à 26^{m}72, soit 0^{m}50 au-dessus du niveau de la Seine.

Après dix-sept jours d'un épuisement donnant 2,246^{m3} d'eau par vingt-quatre heures, le niveau du puits est devenu invariable et s'est maintenu, pendant l'épuisement, à l'altitude de 25^{m}22, c'est-à-dire à 1 mètre au-dessous du niveau fluvial.

Les essais hydrotimétriques ont donné 19°58 pour l'eau puisée dans la Seine et 46°46 pour celle du puits.

Lors de l'établissement de la pompe à feu du quai d'Austerlitz, la galerie de prise d'eau a été construite par épuisement; elle a été ouverte entièrement dans un sable graveleux et poussée jusqu'au fleuve. Pendant le travail, qui a duré cinquante-un jours, l'eau de la galerie a été abaissée à une altitude variant de 23^{m}89 à 24^{m}59, tandis que le niveau du fleuve variait de 29 mètres à 26^{m}24.

Le titre hydrotimétrique de l'eau d'épuisement était de 135°66.

« Ces deux expériences décisives, dit M. Belgrand,
» prouvent qu'il n'est pas possible de filtrer l'eau de Seine
» dans les graviers de ses berges... Elle ne provient pas
» de la Seine, mais de la nappe souterraine.

» Le gravier et le sable qui tapissent le lit du fleuve
» s'engorgent comme les filtres ordinaires, deviennent
» imperméables et ne laissent plus passer l'eau en quantité
» notable. C'est ce que personne n'avait encore constaté
» jusqu'ici...

» On peut conclure de ce qui précède qu'en ouvrant des
» galeries filtrantes le long d'une rivière, on n'obtient un
» bon résultat que si l'eau des nappes souterraines est elle-
» même de bonne qualité; que sur les rives de la Seine près
» Paris et de la Loire, il n'existe pour ainsi dire aucune
» relation entre les eaux ainsi obtenues et celles du
» fleuve.

» Ces résultats permettent d'expliquer la persistance du

» filtrage dans ces galeries. On sait que les filtres artificiels
» s'engorgent avec une grande rapidité; à Paris, notam-
» ment, on est obligé, dans certaines occasions, de nettoyer
» tous les jours ceux des fontaines marchandes. Même
» lorsque l'eau de la Seine est claire, de fréquents nettoyages
» sont encore nécessaires.

   » On se demandait comment les galeries filtrantes de
» Lyon et de Toulouse continuaient à fonctionner depuis si
» longtemps sans aucune espèce de nettoyage. On cherchait
» à expliquer ce fait en disant que le fleuve, en déplaçant
» les sables qui tapissent son lit, renouvelait la partie
» réellement utile du filtre; mais s'il en était ainsi, lorsque
» le fleuve opère le nettoiement de ce filtre naturel en
» remuant les graviers qui en forment la superficie, les
» matières en suspension entraînées par l'eau même qui se
» filtre pénétreraient plus profondément dans la masse de
» ces graviers et en oblitéreraient rapidement et d'une
» manière irrémédiable tous les petits canaux. Le filtre
» deviendrait promptement imperméable. Cette explication
» n'est pas admissible.

   » En admettant, au contraire, que les galeries filtrantes
» soient alimentées surtout par les nappes souterraines, on
» explique très ·bien la persistance de leur action, puis-
» qu'elles ne reçoivent que des eaux naturellement lim-
» pides. »

   Comme on le voit, d'après M. Belgrand, il n'existerait pas

de relation appréciable entre les eaux du fleuve et celles qui circulent à travers les alluvions de la vallée ; ces dernières, en presque totalité, proviendraient des nappes souterraines.

Les deux seuls arguments produits à l'appui de cette opinion étrange, sont : d'une part, la rencontre de l'eau dans les alluvions à un niveau plus élevé que celui du fleuve, et d'autre part, un titre hydrotimétrique différent pour l'eau qui circule dans les alluvions.

Nous allons voir que ces deux arguments, qui ont obsédé l'esprit d'un homme aussi remarquable que M. Belgrand, ne résistent pas à un examen sérieux.

On appelle hydrotimètre un instrument qui sert à constater la proportion de sels terreux en dissolution dans l'eau.

« D'après MM. Boutron et Boudet, qui ont introduit
» parmi nous ce mode si simple d'analyse, un degré hydro-
» timétrique annonce qu'un mètre cube de l'eau essayée
» contient assez de sels terreux pour neutraliser un hecto-
» gramme de savon ordinaire. L'eau de Grenelle, dont le
» titre est de 9°50 à 12°, neutralise par mètre cube à peu
» près 1 kilogramme de savon ; l'eau de la Seine, qui
» marque de 18° à 20°, 2 kilogrammes ; l'eau de l'Ourcq,
» qui donne de 30° à 34°, 3 kilogrammes ; l'eau d'Arcueil,
» qui marque près de 40°, de 3ᵏ500 à 4 kilogrammes. »

L'eau se charge de sels terreux par un contact plus ou

moins prolongé avec les terrains susceptibles de les produire.

Pendant les sécheresses, l'eau est plus crue que pendant
la saison humide, parce que, toutes choses demeurant
égales d'ailleurs, son contact avec les terrains est plus
prolongé.

L'hydrotimètre peut être un instrument très précieux
pour indiquer la quantité de sels terreux en dissolution dans
l'eau, mais l'esprit ne saisit pas très bien le rapport étroit,
nécessaire, qui peut exister entre ses indications et l'origine
de l'eau soumise à l'expérience.

Dans les nombreux essais mentionnés ci-dessus, il est
bien évident que si l'on s'était borné à vouloir démontrer
que les eaux qui circulent dans les alluvions de la vallée
contiennent en dissolution plus de sels terreux que celles
qui coulent dans le fleuve, la démonstration eût été complète
et l'argument tiré de l'hydrotimètre, sans réplique. Mais ce
n'est pas seulement une indication sur les sels terreux
qu'on a demandé à l'hydrotimètre, on a voulu qu'il four-
nisse également une indication sur l'origine de l'eau soumise
aux essais.

On a un peu agi en une matière aussi grave comme celui
qui, voyant de l'eau dans une carafe et dans un verre,
voudrait prouver que l'eau du verre ne provient pas de
la carafe, parce que l'une est sucrée et que l'autre ne
l'est pas.

Tout le monde sait que toutes les eaux qui coulent dans nos rivières ont comme origine : les nuages, la pluie.

Or, les eaux de pluie, au moment de leur chute, sont à peu près pures et marqueraient zéro à l'hydrotimètre ; que dirait-on à une personne qui viendrait soutenir que l'eau de Seine n'a aucune relation avec l'eau de pluie, parce que le titre hydrotimétrique de la première est de 18° à 20°, tandis que celui de la seconde est de zéro ?

On lui demanderait de vouloir bien compléter sa démonstration en commençant par établir que l'eau de pluie n'est pas susceptible de se charger de sels terreux pendant sa circulation à la surface et dans l'intérieur du sol.

De même pour les nombreux essais relatés ci-dessus, M. Belgrand, avant de conclure des indications hydrotimétriques que l'eau rencontrée dans les alluvions de la vallée n'a pas la même origine que celle du fleuve, aurait dû commencer par établir que l'eau du fleuve, en circulant à travers les alluvions, n'est pas susceptible de prendre une charge plus forte de sels terreux.

Cette démonstration préalable n'ayant pas été faite, le raisonnement manque de base et l'argument d'origine déduit de l'hydrotimètre devient sans valeur.

Le deuxième argument, tiré de la différence de niveau entre les eaux circulant dans les alluvions et celles du fleuve, repose également sur une démonstration incomplète.

En effet, de ce qu'en perçant le souterrain de l'égout d'Asnières, M. Belgrand a rencontré, à 2 kilomètres de la Seine une nappe souterraine à 8 mètres au-dessus du niveau des eaux du fleuve, s'ensuit-il pour cela « que les eaux qu'on trouve dans les graviers le long des rivières ne proviennent point de ces rivières, » et doivent nécessairement provenir des eaux souterraines?

Évidemment non ; le fait signalé est bien loin d'avoir une portée aussi large, et de même qu'en voyant un ruisseau déboucher dans la vallée d'un fleuve, on ne conclut pas que cette vallée ne peut plus désormais écouler des eaux autres que celles de ce ruisseau, de même on ne doit pas conclure de la rencontre d'une nappe souterraine affluente que les alluvions dans lesquelles elle s'épanche ne doivent plus désormais écouler d'autre eau que celle provenant de cette nappe souterraine.

Mais laissons de côté cette déduction un peu trop vague et arrivons aux constatations plus précises qui résultent des expériences faites à l'usine hydraulique du Port-à-l'Anglais.

Le niveau du puits, avant le fonctionnement des pompes, était à 0^{m}50 au-dessus de celui de la Seine ; donc l'eau qui se trouve dans le puits à un semblable niveau ne peut pas provenir du fleuve : cette déduction pèche encore par la base et repose sur une démonstration incomplète.

On a raisonné, dans cette circonstance, comme si la Seine

avait pour seul point de contact avec la plaine d'Ivry l'unique partie de la berge située en face du puits.

La plaine d'Ivry, dont nous connaissons la composition du sol, s'étend à peu près jusqu'à Choisy-le-Roi qui est situé à 5 kilomètres en amont du puits en question. Les cotes d'altitudes inscrites sur les bornes repères des berges de la Seine, sont à peu près les mêmes à l'aval et à l'amont. L'établissement municipal du Port-à-l'Anglais est situé entre deux bornes repères portant les cotes d'altitude 32^m38 et 32^m99, et les bornes les plus rapprochées de Choisy-le-Roi portent celles de 32^m89 et 32^m33. Les bornes repères se continuent même jusqu'à 2 kilomètres au delà de Choisy-le-Roi, avec les cotes 32^m56, 32^m81 et 32^m82.

La pente du fleuve, entre l'établissement hydraulique et Choisy-le-Roi, est de 18 centimètres par kilomètre.

Pendant les expériences, on a constaté que le niveau de la Seine en face du puits était à 0^m38 au-dessous de l'étiage et atteignait la cote d'altitude 26^m22, que celui des puits, avant le fonctionnement des pompes d'épuisement, était à la cote de 26^m72, c'est-à-dire à 0^m50 au-dessus du niveau de la Seine, et l'on a conclu de cette différence de niveau qu'il ne pouvait exister aucune relation entre les eaux du puits et celles du fleuve.

Mais la plaine sablonneuse d'Ivry, en admettant qu'elle reçoive de l'eau de la rivière, ne doit pas nécessairement ne recevoir cette eau que par la seule partie de la berge qui est en face du puits soumis aux expériences; elle peut également être abreuvée par les autres points de la berge qui la borde, si le niveau de la rivière à ses autres points est plus élevé.

Or, cette plaine s'étend jusqu'à Choisy-le-Roi et même à 2 kilomètres au delà, si l'on ne tient compte que des cotes d'altitudes des bornes repères, et le niveau du fleuve dans ce parcours, était, au moment des expériences, de $26^m22 + (0,18 \times 5) = 27^m12$ à Choisy-le-Roi et de $26^m22 + (0,18 \times 7) = 27^m48$ à la dernière borne repère; donc il n'était pas impossible de trouver de l'eau fluviale dans les alluvions traversées par le puits à la cote 26^m72, c'est-à-dire à un niveau plus élevé que celui de la Seine en face du puits.

Comme on le voit, en établissant que l'eau fluviale ne peut pas provenir d'un endroit déterminé d'une berge, on ne prouve pas qu'elle ne puisse provenir d'un autre point de cette berge situé plus à l'amont et également en contact avec la plaine. D'où il résulte que l'argument tiré de la différence de niveau est aussi incomplet que celui tiré des indications de l'hydrotimètre pour démontrer que les eaux qui circulent dans les alluvions n'ont aucune relation avec celles du fleuve.

Il y a une si grande disproportion entre la valeur de l'ouvrage de M. Belgrand intitulé : *La Seine, études hydrologiques,* et celle de l'argumentation pour démontrer que les eaux qui circulent dans les alluvions des vallées ne proviennent pas des rivières, qu'on en est réduit à se demander s'il ne se produit pas quelquefois une certaine confusion dans l'esprit de l'auteur quand il emploie l'expression de nappes d'eau souterraines.

M. Belgrand, dans les chapitres cités, s'est surtout occupé de l'eau au point de vue des besoins municipaux des grandes villes ; il avait comme objectif principal de combattre une idée qu'il condamnait et qui pouvait se généraliser, l'idée du filtrage naturel de l'eau des rivières au moyen de galeries établies le long des berges.

Il a cherché à démontrer que l'eau provenant des alluvions était plus chargée de sels terreux que celle qui coule dans le fleuve.

Sa démonstration, en tant qu'elle porte sur ce point unique, est absolument complète et conforme à la nature des choses.

C'est, en effet, par un contact plus ou moins prolongé avec les terrains que les eaux se chargent de sels terreux. Les eaux qui traversent les alluvions et se logent dans leurs interstices, soit qu'elles proviennent des écoulements superficiels, des nappes souterraines affluentes, des sources ordinaires ou du fleuve lui-même, sont divisées à l'infini ; elles circulent lentement et subissent des contacts nombreux et prolongés. Il n'est donc pas étonnant qu'elles se chargent de sels terreux en quantité variable, suivant la nature et la porosité des alluvions.

11

Les essais relatés par M. Belgrand démontrent que les eaux des galeries filtrantes du Rhône et de la Garonne, à Lyon et à Toulouse, prennent peu de charge en traversant les alluvions très ouvertes de la vallée. Les eaux se chargent davantage en traversant les alluvions de la Seine à Fontainebleau et celles de la Loire à Nevers et à Blois; elles se chargent encore davantage en traversant les alluvions de la plaine d'Ivry; enfin, elles titrent leur maximum en sels terreux quand elles circulent péniblement à travers les alluvions comprimées et impures de la vallée de la Seine dans la traverse de Paris, comme le constatent les essais faits dans la galerie de prise d'eau de la pompe à feu du quai d'Austerlitz.

En bornant son raisonnement à ce qu'il voulait spécialement démontrer, M. Belgrand n'aurait pas eu à signaler comme des phénomènes inexplicables des puits creusés dans les alluvions dont le niveau s'élève et s'abaisse avec celui du fleuve et dont les eaux se troublent pendant les crues; il n'aurait pas surtout imaginé l'étonnante théorie de l'encrassement du filtre pour expliquer comment les eaux qui circulent dans les alluvions ne devaient pas avoir de relation avec celles du fleuve.

Si cette théorie de l'encrassement du filtre était vraie, il y a longtemps que tous les terrains qui forment la surface de la terre seraient devenus imperméables; en outre, comment expliquer le régime de ce singulier filtre qui s'encrasse quand il s'agit des eaux du fleuve et qui ouvre ses pores quand il s'agit de livrer passage aux eaux superficielles, à celles des sources et à celles des nappes souterraines?

Un filtre artificiel, formé au moyen d'une pierre filtrante ou au moyen de sable contenu par un fond et des parois rigides, n'a aucune ressemblance avec les alluvions d'une vallée. Dans le premier, les éléments sont uniformes et stables, tandis que dans les alluvions les éléments varient de l'atome au galet et n'ont aucune stabilité.

La puissance d'infiltration dans les graviers d'alluvion est pour ainsi dire indéfinie, et l'absorption de l'eau n'est pour ces derniers qu'une question de temps. Pour s'en convaincre, il suffit de prendre connaissance des essais qui ont été faits pour l'utilisation des eaux d'égout, d'abord à Clichy et ensuite dans la plaine de Gennevilliers. MM. Mille et Alfred Durand-Claye, ingénieurs des ponts et chaussées, ont pu, au moyen d'un colmatage qui a duré cinquante jours, faire absorber au champ d'essai de Clichy, par une surface de 2,000^{m2} de terrain, 12,000^{m3} d'eau, ce qui représente une colonne d'eau de 6 mètres de hauteur. Ce fait est consigné dans une note publiée par ces ingénieurs dans les *Annales des Ponts et Chaussées*, tome XVIII, 1869.

Certaines parties du lit d'un fleuve peuvent bien se raffermir sous l'influence des eaux courantes, de leurs frottements et de leurs dépôts; mais de là à devenir imperméables, il y a loin. L'eau en mouvement est l'agent de démolition par excellence. Il lui suffit de rencontrer un grain de sable ou un galet pour se frayer un passage autour de leurs parois. L'eau peut corroder une berge, affouiller les fondations d'un pont, ruiner les murailles d'un quai, former des îles et changer le cours d'un fleuve. Tous ces phénomènes seraient inexplicables si l'on admettait que les parois du lit d'une rivière puissent s'incruster, s'imperméabiliser et s'immo-biliser par l'encrassement.

Les études abstraites ont quelquefois l'inconvénient de faire naître dans l'esprit des conceptions en contradiction avec les faits les plus vulgaires.

A quel riverain du Rhône ou de la Loire pourrait-on persuader qu'il n'y a aucune relation entre l'eau du fleuve et celle qui circule dans les alluvions de la vallée? Pour combattre une semblable assertion, il lui suffirait, soit de montrer l'eau des puits ou des abreuvoirs de la vallée s'élevant ou s'abaissant avec le niveau du fleuve, soit de montrer les terres et les plus gras pâturages devenant de plus en plus arides à mesure que le fleuve se rapproche de l'étiage.

En semblable matière, les faits valent mieux que les raisonnements; c'est peut-être pour n'avoir pas assez tenu compte des premiers que la plupart des travaux entrepris sur le Rhône et sur la Loire ont donné de si piteux résultats, et que certains ingénieurs en sont encore à se demander s'il existe une relation entre l'eau des alluvions et celle du fleuve.

Aussi, demanderons-nous au lecteur de nous permettre de clore cette discussion par un argument de fait, en adressant à ceux qui pensent qu'il n'y a pas de relation entre les eaux qui circulent dans les alluvions et celles du fleuve, cette question :

Où passe le débit de la Seine lorsque les barrages sont relevés et que les déversoirs sont à sec?

FIN.

Typ. Oberthür et fils, à Rennes.

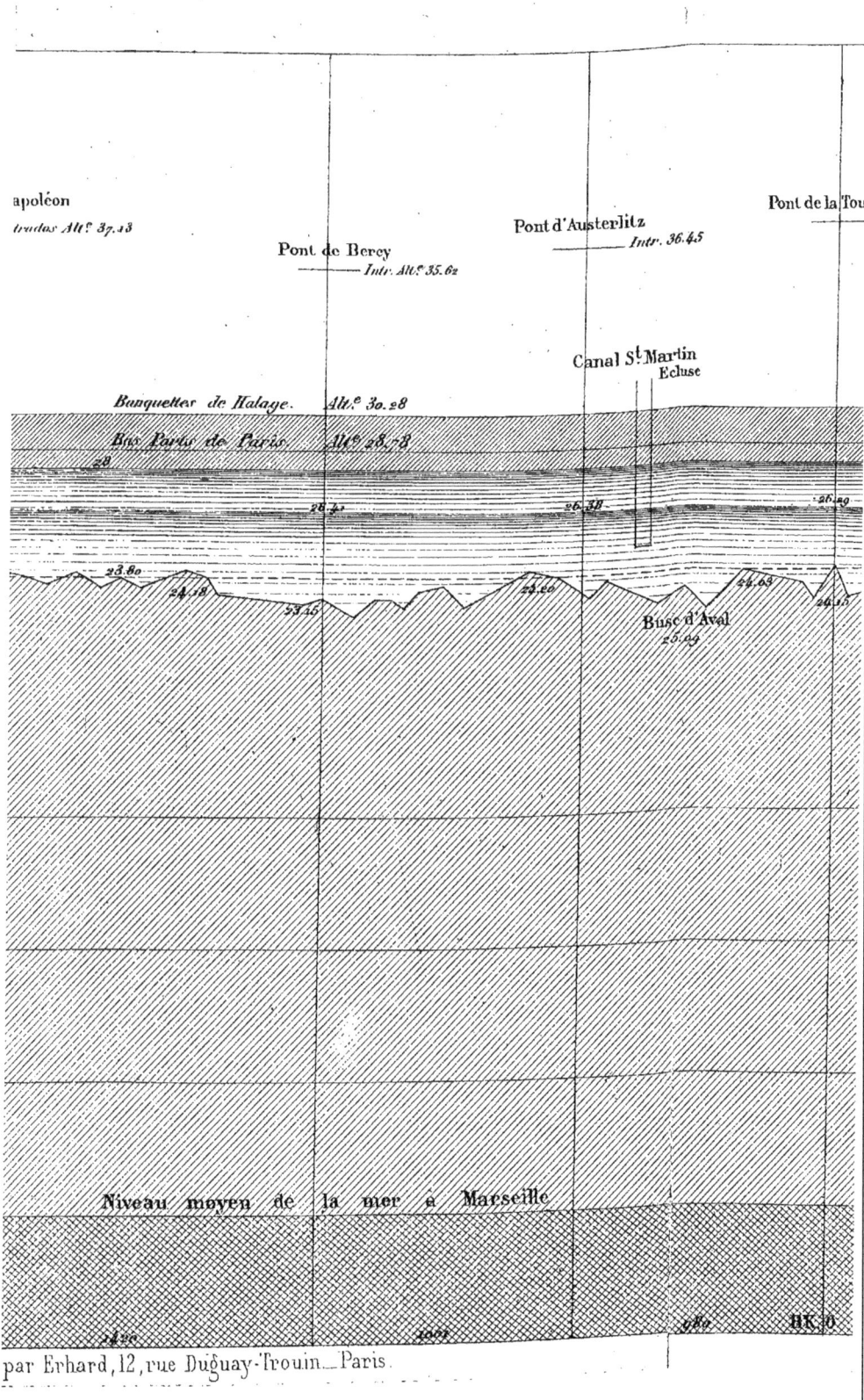

apoléon
tradus Alt.° 37.13

Pont de Bercy
———— *Intr. Alt.° 35.62*

Pont d'Austerlitz
Intr. 36.45

Pont de la Tou

Canal St Martin
Écluse

Banquettes de Halage.   Alt.° 30.28

Bas Paris de Paris.   Alt.° 28.78

28

28.45   26.38   26.80

23.80
24.18   23.60   24.65
23.15   24.15

Busc d'Aval
25.09

Niveau   moyen   de   la   mer   à   Marseille

par Erhard, 12, rue Duguay-Trouin — Paris.

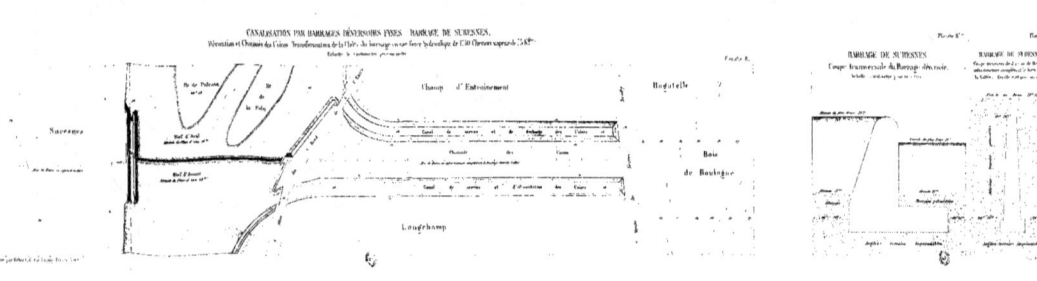

CANALISATION PAR BARRAGES DÉVERSOIRS FIXES. BARRAGE DE SURESNES.

CANALISATION PAR BARRAGES DÉVERSOIRS FIXES. — BARRAGE DE SURESNES.

Coupe transversale de la Chaussée des Usines Hydrauliques. — Échelle cinq millimètres pour un mètre.